KB165701

여섯 개의 폭력

여섯 개의 폭력

학교폭력 피해와
그 흔적의 나날들

글항아리

머리말_ **여섯 개의 고통**

은유 작가

"지금의 인터뷰로 끝내지 말고 10년, 20년, 30년 후 세상이 어떻게 변했는지 꼭 취재해주세요."

그날 이후 '대구에서 학교폭력 때문에 자살한 중학생 권승민군의 엄마'로 자신을 소개하는 임지영씨. 그는 아들의 사건을 취재하기 위해 몰려든 기자들에게 당부했다. 더는 학교폭력 희생자가 나오지 않아야 한다는 생각으로 언론에 아들의 유서를 공개하기도 했다. 2011년 12월 20일의 일이다.

그로부터 꼭 10년이 흘렀다. 최근엔 가해자로 지목된 연예인들을 중심으로 '학폭' 이슈가 꺼지지 않는 산불처럼 연일 매스컴을 달군다. 전국에 분포된 학교에서는 수능 만점자만 배출하는 게 아니라 학폭 가해자도 양산하는데, 그럼에도 잠잠하게 흘러가던 시절에 비하면 비명이 학교 담장을 넘었다는 점에서 세상은 낫게 변하고 있다. 피해자들은 말하기를 택했고 그들의 경험을 신뢰해 귀를 여는 시민들이 생겼다. 침묵의 둑이 무너지기 시작한 것이다.

거기서 방류된 진실은 가령, 이런 이야기다.

타깃을 정한다. 그들에게 친근하게든 비굴하게든 다가가라. 왜 나한테 그러냐고 이유를 묻는다면 그냥, 재미로, 만만해 보여서, 눈에 거슬러서. 그리고 말해라. "그냥 장난인데?" 그 장난을 그들이 붕괴에 이를 때까지 멈추지 않는다.

간혹 소설에서 다뤄지거나 인터넷 게시판에서 파편적으로 떠돌던 학폭 이야기가 마침내 현실의 옷을 입고 한 권의 책으로 나왔다. 『여섯 개의 폭력』에는 소설보다 더 날것의 사건, 이름을 내건 내 옆의 동료가 겪은 일이라서 더 눈을 크게 뜨고 읽어야 할 '붕괴의 서사'가 담겨 있다. 학교폭력 피해를 경험하고 '무사히' 어른이 된 다섯 사람과 어른이 되지 못한 한 사람의 엄마가 썼다. 아직 학교에 남아 있는 어린 자신에게 용기 있게 다가가 스스로 취재한 내용이기에 '복구의 서사'이기도 하다. 이은혜, 황예솔, 조희정, 이모르, 김효진은 당사자이고, 임지영은 유가족이다.

나는 『여섯 개의 폭력』을 여섯 개의 자책, 여섯 개의 외면, 여섯 개의 용기로 읽었다.

먼저 자책. 학교폭력은 악마의 얼굴을 하지 않았다. 같은 반 친구가 '사랑해'라는 말을 건네며 은밀히 저지르기도 하고, 혹은 교실 한복판같이 아주 잘 보이는 곳에서 '그냥 장난이야'라며 폭행을 공공연히 자행하기도 하는데 그땐 모두가 봤기에 아무도 못 본 일이 된다. 그렇게 피해자는 세상과 분리되어 혼자 남고, 남겨진 자는 자신을 둘로 분리해 자문자답의 먼 길을 간다.

왜 하필 나인가. 치미는 첫 물음은 이것이다. 이유 없는 고통은 참기 어려운 것이라 인간은 고통을 당하면 어떻게든 이유를 찾아내려고 한다. 처음에는 대부분 가해의 언어로 상황을 해석한다. 가난해서, 지저분해서, 공부를 잘해서, 공부를 못해서, 뚱뚱해서, 예뻐서, 장애인의 동생이라서 등등이 동원되다가 그 끝에는 내가 나인 것이 문제가 된다. 그래서 "나 자신이 나의 가해자가 되"거나 "그 시절에 나는 아이들과 차마 싸우지 못하고, 내 존재에 대한 죄책감과 싸우는 것을 택한"다. "이런 날이 오게 될 줄은 알지 못한 채 아이를 낳고, 학교에 보냈다"며 엄마는 가슴을 친다. 이처럼 학교폭력은 "나 자신에게 실망한 것이 가장 커다란 상처"가 되는 사건이다. 자아존중감을 키워야 할 성장기에 자기 부정의 인자를 심어놓는다는 점에서 학교폭력은 가장 나쁘고 끈질긴 폭력이다.

외면. 모든 폭력은 가해자, 피해자의 이자 구도가 아니다. 가해자, 피해자, 방관자가 있을 때 성립된다. 피해자가 열 살아이든 열여덟 살 청소년이든 마찬가지로 본능처럼 주변 어른에게 도움을 청할 것이다. 이 책의 필자들도 그랬다. 하지만 손을 잡아주는 어른은 없었다.

"고성과 발길질이 가해지던 어느 날 지나가던 중년의 아저씨가 타일렀다. '학생, 친구를 때리면 어떡해?' 하지만 '아저씨가 뭔데? 상관 말고 꺼져'라는 말을 듣자 아저씨는 몹시 놀란 나머지 재빨리 그곳을 떴"다. 장애가 있는 오빠를 돌보는 필자가 경찰에게 "오빠 몸에 상처가 있다며 범인을 잡아달라고 매달려봤지만, 경찰들은 증거나 증인을 확보해 오면 도와주겠다고 했다."

폭력의 장에 상주하는 교사는 어떨까. "나는 일기장에 가정에서의 일과 학교생활을 솔직히 적어서 냈는데, 이에 대해 선생님은 별말 없이 '참 잘했어요' 도장만 찍어주셨다." 이 같은 교사의 태도는 "같은 학년 친구들이 가하는 폭력에 대해 '동의'"가 된다. 그래서 급우들도 "죽을 만큼 힘들다고 겨우 소리 내어 말하던 내게 '넌 안 죽었잖아. 죽어야 알지'라며 조롱했다."

집도 안식처는 아니었다. "엄마는 대수롭지 않게 생각하고, '웃기는 애가 다 있다'며 웃어넘겼다." "가장 가까운 부모님조차, 집이 잘살았을 땐 두 분 다 맞벌이하느라 바빴고,

집이 못 살았을 땐 두 분은 부부싸움 하기 바빴"다.

임지영씨 말대로 학교폭력으로 사망하거나 학교를 떠나는 학생의 수가 세월호 학생의 수보다 더 많을 수 있는 이유는 어른들의 공고한 침묵과 외면, 무감각의 카르텔 때문이라는 점이 개인적으로 가장 가슴 아팠다.

마지막으로 용기. 2003년 제1회 성폭력생존자말하기대회가 열렸다. 성폭력에 대한 이해를 높이고 성폭력 피해자에 대한 편견에 도전하기 위해 한국성폭력상담소에서 마련한 자리다. 피해자는 안전한 장소, 선별한 관객 앞에 서서 자기 경험을 말했다. 그렇게 20년 쌓인 여성들의 목소리가 '나도 말한다'는 미투의 거대한 흐름을, 일상에서 조심을 강제하는 성인지 감수성을 만들어냈다. 나는 이 책을 제1회 학교폭력생존자말하기대회에 간 청중의 심정으로 읽었다. 고독과 고통의 담금질을 견디고 나온 이야기는 언제나 진실함으로 압도한다. 필자들은 과거를 똑바로 직시하고 두려울 것 없는 대담함으로 써내려갔다. 이는 그들이 더 이상 피해자이기만 하지 않다는 당연한 사실을 일러준다. 이 목소리가 20년, 30년 후 세상을 얼마나 달라지게 할지 장담할 순 없지만, 우선 여섯 명의 삶을 변하게 하기엔 충분한 것 같다.

『여섯 개의 폭력』은 여섯 사람의 용기에 빚졌다. 그들이 목소리를 낸 것은 고통을 전시하려는 게 아니라 고통으로 우리가 어떻게 연결돼 있는지 보여주기 위해서다. "어디선가 숨어서 울고 있을 많은 승민이들" "오늘도 상처를 숨기고 등교하는 아이에게 네 잘못이 아니야"■라며 어깨를 감싸주려는 몸짓이다. 모르는 사람의 안위를 염려하는 귀한 마음에서 이 책은 비롯됐다. 읽고 나면 알게 될 것이다. 자기 존엄을 지키는 가장 정직한 방법은 타인의 존엄을 지켜주는 것임을.

■ 류은숙 외, 『일터괴롭힘, 사냥감이 된 사람들』, 코난북스, 2016, 34쪽.

차례

1장

열여덟 살의 학교폭력, 28년 후의 기록

이은혜 글항아리 편집장

1997년 여름, 대학생이 된 지 2년 6개월이 지난 여름방학 때 무슨 일이 일어날지 까맣게 모른 채 나는 책을 읽으려고 버스를 타고 시립도서관에 갔다. 오후 3시쯤 종합열람실에서 나와 자판기 커피를 마시는데 누가 다가왔다. "은혜 아니니?" 그 순간 나는 공들여 벗어난 지난날이 무색하게 3년여 전 악몽 속으로 다시 내던져지면서 온몸이 얼어붙었다.

"이게 얼마 만이야? 보고 싶었는데…… 은혜야, 우리 아빠 얼마 전에 돌아가셨어. 엄마는 집에 돌아왔고. 그동안 많이 힘들었는데 우리 이제 다시 만나자."

K 특유의 친근감과 비굴함을 반반 섞은 얼굴은 여전했다. 그가 상대를 끌어들이는 화법도 변함없었다. 동정심을 살 만한 불행한 일을 빠르게 몇 가지 나열하면서 상대방의 나약한 마음을 헤집었다.

3년 전 그 시절 K의 몸과 마음은 불행의 요소들이 똬리를 튼 집약소 같았다. 그건 한 아이가 감당하기 힘든 것이었고, 옆에 있던 나는 그 애의 심신 속에서 소화되지 못한 불행들을 받아내는 쓰레받기가 되어 있었다.

그 시절로 다시 돌아갈 순 없었다. 그 애 아빠가 돌아가셨든 말든 그건 내 알 바가 아니었기에 열람실로 돌아와 도서관 사서 앞 책상에 자리를 잡고 책을 들었다. 이때 '퍽!' 하고 갑자기 두꺼운 손이 내 뒤통수를 갈겼다. "너같이 잔인한 년은 처음 봐." 열람실 안 사람들의 시선이 일제히 책으로부터 떨어져 나와 나를 향하고 있었다.

불평등과 불행

삶에서 어둠은 바깥으로부터 주어질 때가 많다. 세상을 향해 자기를 열어놓으면 노랑, 주황, 초록, 파랑 등 색색의 존재가 웃으며 다가오지만 본색을 숨긴 채 검은색의 사람도 끼어서 들어온다. 인간은 반쯤 어리석어 수개월이 흐른 뒤에야 옆의 존재가 이상하다는 낌새를 알아차리는데, 그때는 이미 사방이 무언가로 둘러쳐져 있어 탈출하기에는 늦은 시점이다. 28년 전 열여덟 살 때의 내 어두운 생이 그랬다.

삶은 흔히 불평등하다고들 하는데, K를 보면 정말 그랬다. 학교를 마치고 K의 집에 놀러 가면 그의 아버지는 대낮인데도 술을 들고 계셨다. 엄마는 부재로서 자기 존재를 강력히 증명했는데, 가족 앨범 속 사진마다 그녀의 얼굴이 도려내져 있었다. 파내어진 엄마를 부끄러워하지 않고 사진을 보여주는 그 아이가 안됐지만 그렇다고 이해할 수도 없었다. 이번엔 장롱 문을 열었다. 거기에는 옷이 한가득 쌓여 있었는데, 가위로 찢긴 넝마가 된 엄마 옷들이었다. 남겨진 가족은 집 나간 엄마를 떠올리지 않으려 애쓰기보다는 한 맺힘의 증거들을 나열해놓으며 동거하고 있었다.

K의 집에 가면 음식과 노래와 농담들이 있었다. 그 애는 아빠가 사주는 고기를 먹으며 나이에 어울리지 않게 어른스러운 농담들을 던졌다. 음주가무에 능한 그 애 아빠는 노래를 불렀다. 집 나간 엄마는 아마 그 시간에 어디서 식당 일을 하고 계셨을 것이다. 그 애의 오빠나 동생과도 오가며 마주쳤다. 겉으로는 아무렇지 않지만 언제든 부서질 것 같은 이 가족은 나를 맞아들이고 함께 있자고 했다. 우리 가족끼리만 있으면 두려우니까 외부인이 들어와 그 불안의 느낌을 희석시켜주기를 기대했을 테지만, 거꾸로 내가 불행 속으로 빠르게 끌려들어갔다.

처음 K와 친해진 방식은 이랬다. 몇 개월간 온갖 달콤한 말과 행동으로 잘해주면서 학교의 모든 아이 앞에서 우리가 단짝임을 과시했다. 둘 사이의 관계가 확고해지자 점점 둘만의 시간이 많아졌는데 그때부터 굴레를 씌우는 일들이 은밀히 일어나기 시작했다.

K는 다른 사람보다 욕망의 크기가 유난히 더 컸다. 지금 생각해보면 K의 욕망은 크게 네 가지 범주로 나뉘었는데, 학업 성적, 외모, 이성 관계(성적 욕망) 그리고 온전한 가족이었다. 고등학생이 이런 것들을 바라는 것은 특별하기보다 지극히 평범한 면모겠지만, 문제는 K의 욕망과 현실 사이의 괴리가 너무 크다는 데 있었다.

그 애는 공부를 열심히 하는데도 원하는 성적을 얻지 못했다. 연습장에 암기할 내용을 수십 번씩 쓰면서 외웠지만 성적은 중상위권 혹은 중위권에 머물렀다. 외모에 대한 열망 또한 컸는데, 이는 이성 친구를 사귀고 싶어하는 마음과 결부돼 있었다. 하지만 알다시피 고교 시절의 식욕은 대체로 생애주기에서 정점에 달하고, K 역시 먹는 걸 좋아했다. 이 것은 K가 바라는 '예쁜 외모'와 '이성적인 매력'에서 점점 그 애를 멀어지게 만들었다. 게다가 '행복한 가정'은 의도와 상관없이 그 아이에게는 쉽게 달성할 수 없는 것이 돼버렸다.

마사 누스바움은 『정치적 감정』에서 '시기심'에 대해 검토하는데, 시기심은 자신이 원하는 바를 소유했는지 혹은 그러지 못했는지에 따라 생겨나는 감정이라고 말한다. 일반적으로 사회 속에서 사람들이 원하는 대상(신분, 부, 기타 이점들)은 골고루 분배돼 있지 않은데, 이런 "불쾌한 대비" 때문에 그것을 갖지 못한 사람에게는 '고통과 적대감'이 수반되는 시기심이 생겨난다고 한다. 이에 앞서 존 롤스 역시 사회생활의 조건들이 눈에 띄게 차이날 경우 못 가진 자가 생각할 수 있는 유일한 위안거리는 '다른 사람들에게 고통을 가하는 것뿐'이라고 말한 바 있다. 나는 그저 평범한 여고생이었지만, K가 못 가진 것을 좀더 명확히 드러내고 확인시키는 존재가 됨으로써 K의 욕망이 굴절되어 폭력으로 변질될 때 이를 받아내는 처지가 되어갔다.

우선 성적이 K보다 좋았던 나는 교과서와 참고서를 압수당해 찢기곤 했다. 성적표가 나오는 날엔 폭력이 자행됐다. 주로 폭언과 발길질이었고, 그다음 시험 성적을 낮추기 위해 학교가 파한 뒤 나를 자신의 집으로 데려가 공부를 못 하게 저녁 9시까지 붙들어두었다(아빠의 실업과 알코올 의존증으로 인해 그 집의 가세는 속도를 내며 기울었고, 서울에 있던 아파트를 팔아 외곽으로 이사를 가게 됐다. 이사 간 집에서 우리 집까지는 왕복 2시간 이상이 걸려 나도 점점 지쳐갔다). 집에 돌려보낼 때는 '공부하지 않겠다'는 약속을 받아냈고, 그럼에도 믿지 못해 내가 집에 도착할 시간에 전화를 걸어 한 시간쯤 통화를 했다. 그때부터 난 살아남기 위해 수업 시간에 배우는 대로 즉시 외워버렸다. 밤에 집에 돌아오는 컴컴한 버스 안에서 영어 단어와 수학 공식을 적은 쪽지를 펴들고 급히 암기했다. 중간고사, 기말고사 답안지는 하루 정도 신체적 폭력을 당하고 일주일 정도 정신적인 괴롭힘을 받는 것을 각오한 채 써냈던 반면, 모의고사 답안은 대학 입시 점수에 반영되지 않는 까닭에 백지로 냈다. 그때 나는 K를 위해서라기보다 나 자신을 위해 신께서 그 아이에게 남들만큼 좋은 것 몇 가지를 주셨으면 하고 바랐다. 그러면 세상이 좀더 평화로워질 것이었다.

K는 평범한 몸무게와 체형을 가졌던 나를 견디지 못했다. 여느 아이들처럼 외모에 관심이 많아서 머리 모양을 늘 꾸미고, 유명 브랜드의 청바지와 워커를 착용한 그 애지만, 또래 소년들이 욕망하는 스타일과는 거리가 있었다. 우리 학교는 남녀 공학이었고, K가 좋아하던 남자아이가 있었지만 잘 이뤄지지 않아 K는 어느 날부터 내가 남자 선배들이랑 마주칠 때면 귀에다 대고 "인사하면 죽는다"라고 소곤거리며 위협을 가하기 시작했다. 나는 그 후로 무례한 사람처럼 아는 선배들을 보고도 인사할 수 없었다.

3학년 1학기는 졸업앨범 촬영을 하는 시즌이다. 사진 촬영 후 K는 심기가 불편해 얼굴이 붉어졌다. 자기 사진이 생각보다 못 나왔던 반면 내 사진은 예상보다 잘 나와서였던 듯하다. 반년쯤 뒤 2학기 때 선생님은 재촬영할 기회를 주겠다고 했다. K는 나를 대신해서 내 졸업사진의 재촬영을 신청했다. 이때 나는 머리도 풀어 늘어뜨리지 못했고 1학기보다 좀더 통통해져 사진이 전만 못하게 나왔는데, 그걸 보고 그 애는 껄껄 웃더니 앨범에 후자가 실리도록 했다.

또한 K는 자신의 가족이 유리처럼 언제 깨질지 모를 상태가 되자 내 가족을 표적으로 삼았다. 보통 폭력은 정신적 폭력과 신체적 가해가 동시에 이뤄지는데, 정신적 폭력에는 거짓말이 동반되기 마련이다. "너희 엄마는 갈보야!" K는 엄마와 나의 관계를 깨뜨리려고 이런 말을 지어냈다. "너희 엄마 옛날에 몸 팔았던 거 알아?" 엄마의 부재를 매일같이 느끼던 K는 나의 엄마를 성적 대상화시켜 상상할 수 있는 한 가장 아래로 떨어뜨리는 말을 반복적으로 했다.▪ 미성년자를 상대로 최대한 폭력적 발언이 될 수 있는 성적인 요소를 끌어다 붙이는 것이 그 아이의 거짓말 규칙이었다. 훗날

▪ 비난하려는 상대에 대해 '매춘부' '개자식의 엄마'와 같이 심하게 성차별적 모욕을 가한 것은 고대로부터 흔히 목격된다. 『사랑에 빠진 소크라테스』(아만드 단고어, 장미성 옮김, 글항아리, 2021년 출간 예정)를 보면 아테네 출신 여성이 아닌 사람의 자식은 사생아로 간주되며, 그 어머니에 대해서는 이와 같은 혐오의 용어들이 덧붙여졌다.

아고타 크리스토프의 『존재의 세 가지 거짓말』을 읽으면서, 마을의 언청이 여성의 사타구니와 거기 난 털을 보고 그에 대해 거침없이 떠들며 동물과 인간의 성관계까지 묘사하는 어린 쌍둥이 형제의 아이 같지 않은 '타락'을 목격할 때 나는 K를 떠올렸다.

한편 신체적 가해는 상대적으로 덜했다. 성적표가 나오는 날 자신이 바라는 만큼 내 성적이 떨어지지 않으면 그 애는 크게 화를 냈고, 골목 같은 데로 나를 몰아붙였다. 고성과 발길질이 가해지던 어느 날 지나가던 중년 아저씨가 우릴 보고 타일렀다. "학생, 친구를 때리면 어떡해?" 하지만 "아저씨가 뭔데? 상관 말고 꺼져"라는 말을 듣자 아저씨는 몹시 놀란 나머지 재빨리 그곳을 떴고, 나는 구원자가 될 뻔한 사람을 놓친 후 오히려 그의 훈계 때문에 더 화가 난 K의 분풀이 대상이 될 수밖에 없었다.

한번은 K의 집 옷장 안으로 밀쳐졌다. 옷걸이의 구부러진 쇠를 펴서 찌르고 침을 뱉기도 했던 것 같다.

탈출을 시도하다 제자리로
자신의 죽음으로 협박하다

고3 여름방학, 더는 이대로 버틸 수 없다고 생각했다. 공부할 시간을 확보하지 못하자 미래가 없을지도 모른다는 불안감에 시달렸다. 내가 그 불행한 날들을 버틸 수 있었던 것은 대학만 가면 그 애와 헤어질 거라는 희망 하나 때문이었고, 자기비하에 빠지지 않았던 것은 계속 유지되던 성적 때문이었다. K를 만나기 전 고1 때 나는 공부에 매달렸고 그걸 바탕으로 고3 여름 때까지 버텨왔지만, 이제 수능시험과 본고사를 준비하지 않으면 미래가 어두울지도 몰랐다. 어느 날, 탈출하기로 마음을 단단히 먹었다. 학교와 도서관, 학원에 모두 가지 않고 여러 날이 흘렀는데, 어느 날 쿵쾅거리는 소리가 우리 아파트 복도를 울렸다. 곧이어 발로 현관문을 쾅쾅 차는 소리가 들렸고 초인종이 쉴 새 없이 울렸다. K임을 직감한 나는 공포에 떨면서 방 안에 있었다. 엄마가 현관문을 열자 K는 운동화를 신은 채 전쟁 중 적군의 민간인 집을 군홧발로 쳐들어오는 병사처럼 거실로 걸어 들어왔다. "은혜 내놔요. 아줌마가 뭔데 숨겨요?"

침입자는 목표물(희생자)이 시간과 공간을 누리는 걸 참을 수 없어 한다. 특히 공간은 사적이고도 배타적인 성격을 지니기에 침입자가 가장 서둘러 점령해야 할 것이 된다. 희생자로 삼을 이가 보금자리를 누리고 있는 것은 생각만 해도 지나치게 안락하지 않은가. 그곳을 먼저 쑥대밭으로 만들어야만 그자와 내가 평등해진다. 나는 타자, 이방인, 환대를 주제 삼아 쓰인 책을 좋아한다. 데리다, 레비나스, 기욤 르 블랑, 이어서 키오 스타크, 마쓰무라 게이치로의 글을 즐겨 읽은 이유다. 그들은 이방인이 더럽고 냄새나는 채로 내 영역에 발을 들여놓더라도 자기를 활짝 열어 반겨야 함을 강조했다. 그들의 글을 읽을 때 머리로는 이들의 말에 고개를 끄덕이며 '진정한 환대란 무엇인가'에 대해 생각하고, 책도 여러 권 기획하거나 편집했다. 하지만 현실 앞에서 이런 관념은 무력했다. K와 같은 점령자를 과연 감당할 수 있겠는가?

드라마 같은 현실을 눈앞에서 지켜본 나의 엄마는 어떤 전략을 썼을까. 그 순간의 선택이 내 삶을 좌우할 것이었다. 절망적이게도 엄마가 택한 것은 부드럽게 달래는 쪽이었다. "K야, 신발 벗고 들어와서 얘기해." 한풀 꺾인 K는 사과를 했고, 자신의 우정이 얼마나 큰가를 강조했다. 그때 거실에 비치던 오후 햇살은 선함의 온기를 불어넣는 모양새였다. 하지만 그건 죽을 각오로 단절을 꿈꾸었던 내 소망을 무참히 짓밟는 것이었다.

며칠 만에 만난 K는 특유의 친근감과 비굴함을 내비쳤다. "한강 유원지에 가서 이야기 좀 나누고 싶어." 예전에 골목길에서의 아저씨도 눈앞에서 사라졌고, 이어서 엄마도 우리 앞에서 사라진 상태에서 나는 마음속으로 더없이 흐느끼며 한강변으로 끌려갔다. 깊은 체념이 몸을 감쌌다. 아직 고등학생이었지만 K는 편의점에서 캔맥주를 몇 개 사오더니 마셨고 울먹이는 목소리로 다시 안 만나주면 한강에 뛰어들겠노라고 말했다. 집어삼킬 듯한 물결 앞에서 남의 목숨을 담보로 내 삶을 되찾으려 할 용기가 내게는 없었고, 그리하여 나는 다시 악몽의 원점으로 되돌아갔다.

한 번 집을 나간 방탕한 아들이 부모의 품으로 돌아오면 그 자녀를 포용하고 하인들을 시켜 잔치를 벌이는 이야기가 성경에 나오지만 현실은 이와 딴판이다. 나를 버리고 집을 나간 이가 되돌아오도록 묘안을 짜내는 사람은 그동안 눌러왔던 분노에 대한 대가를 얻고 싶어하고, 또 텅 비어 있던 시간에 대한 보상도 받고 싶어한다. 일단 사탕 같은 말로 구슬려서 돌아오면 안도의 한숨을 내쉬지만, 시간이 조금 흐르면 괘씸한 마음이 들면서 응징을 가하려 한다. 이때

폭력은 더 짙어지기 마련이다. 사실 폭력은 행사하는 사람이나 당하는 사람 모두 강도가 예전과 같다면 견딜 만한 것이 돼버려, 애초에 원하는 효과를 발휘하기 어렵다. 조금씩 강도를 높여야 가해자의 불안한 마음이 달래지고 피해자의 용기도 한풀 더 꺾여 체념이 더 잘 안착한다.

이후 대학 수능시험 전까지 폭력은 점점 거세졌고, 아이러니하게도 그 와중에 내가 그 애에게서 가장 많이 들었던 말은 "사랑해"였다. 이 단어를 다른 말로 치환하면, '나 불행한데 곁에 같이 있어줄 거지?' '너 혼자 행복하지 않을 거지?' '우리 오빠랑 결혼해서 내 가족이 돼줄 거지?' '나랑 같이 뚱뚱해질 거지?' '지금 모습 그대로 어른아이처럼 남아있을 거지?'였다. 말로만 하기에는 설득력이 떨어지므로 K는 매일같이 달콤한 장문의 편지를 보내왔고, 자기 가족의 식사 자리에 나를 데려갔다.

그 시절 다른 아이들은 어디 있었을까? 학교 친구들이 보기에 내 일상에는 큰 변화가 없었다. 나와 K는 다른 친구들과도 종종 어울렸지만, 방과 후에는 주로 우리 둘만 있었다. 접근하는 친구가 있으면 K가 다가가 겁박했다. 다 같이 웃고 떠드는 와중에 이따금 침묵과 암묵의 공기가 지배하기도 했다. 그중 가장 부러운 아이가 한 명 있었는데, 바로 L

이었다. L은 나 전에 K와 단짝이었고, 나보다 먼저 이런 일을 겪었을 터였다. L은 다행스럽게도 그 폭력의 고리를 끊고 무사히 탈출했다. 어쩌면 그 애만이 내 상황을 짐작하고 나를 구원할 수 있을 텐데, 그걸 기대하기보다 L이 해방감을 누리는 게 맞다는 생각이 들기도 했다.

사과와 용서가 없는 삶은 흔하다

가출은 '비행 청소년'만 하는 게 아니다. 어쩌다보니 부모나 선생이 울타리가 돼주지 못할 때 괴로움을 못 견디는 청소년은 혹시 길가에서 구원자를 만날 수 있지 않을까 하는 마음에 희망을 찾아 집을 나선다. '성실'은 살면서 별로 놓친 적이 없는 나의 특성인데, 그때도 성실했던 나는 친구의 괴롭힘이 내 삶을 망가뜨리거나 파괴할 순 없다고 생각했다. 그렇게 버텼지만 위로해주거나 혹은 돌파구가 있다고 확신을 줄 어른이 필요했고, 엄마한테는 독서실에서 밤을 새운다고 말한 뒤 버스를 타고 H대학이 있는 곳에서 내렸다. 길을 서성이던 나를 몇몇 언니 오빠가 발견하고 위로해준 것이 아직도 기억난다. 그러고는 발길을 근처 교회로 옮겼다. 밤새 울고 신께 매달리다가 아침이 되어 학교로 되돌아갔다. K가 나를 무너뜨리려고 온갖 시도를 다 했지만 나는 콘크리트처럼 버텼다. 비트겐슈타인이 1937년 2월 15일자 일기에 썼듯이 "절망의 심연은 삶 속에서 자신을 보여줄 수 없"■었다. 희망이 있을 거라 생각했고, '구원'과 '구출'만을 빌었다.

그리하여 나는 마침내 K로부터 어떻게 도망칠 수 있었을까. 우리 둘 사이에 수능 점수 차가 크게 벌어지자 K는 격분했고, 자신에게 맞춰 하향 지원을 하라고 강요했다. 겉으로는 순응하는 척하면서 나는 다른 곳에 원서를 냈다. 그리고 대학 입학 준비로 둘 다 바빠지면서 자연스레 끈이 끊어졌다. 나는 그때 한 가지를 결심했다. '이제 다른 사람이 그녀의 희생양이 될 테니, K의 주변을 탐색하다가 반드시 그를 구출해주리라.' 그러나 그 결심은 이후로 한 번도 지키지 못했다.

대학에 들어오면서 새로운 삶이 주어졌고 희로애락 중 '기쁨'과 '즐거움'만 누리는 나날이 이어졌다. 그런 와중에도 K와 같은 성을 가진 사람을 마주치면 소름이 돋았고, 한편 내

■ 루트비히 비트겐슈타인, 『비트겐슈타인의 1930년대 일기』, 하상필 옮김, 필로소픽, 2016.

가 정말로 원하는 대학에 온 것은 아니었기에 그 애가 내 미래를 헝클어뜨렸다는 피해의식 같은 것도 있었다. 다른 한편 시간은 나쁜 기억조차 점점 희석시킨다는 '진실' 때문에 좋은 기억을 만들며 K와의 시간을 잘 덮으면서 살아왔던 것 같다.

하지만 흔히 가해자-피해자에게 따라붙는 사과-용서 같은 말을 되새길 기회가 학교 폭력 피해자에게는 주어지지 않는다. 이 글의 서두에서 말한, 대학 3학년 때 도서관에서 그 애와 다시 마주쳤을 때 벌벌 떨면서 잠시 시곗바늘이 과거로 돌아갔지만 이후에 사과 같은 게 있을 리 없었다. 그나마 다행히도 이후 그 애가 삶을 다시 침범하는 일은 없었다. 또 잔인함을 무릅쓰고 말하자면 대학 진학에서도 그 애는 원하던 바를 달성하지 못해 자존감이나 그 외의 모든 것이 나보다 상대적으로 격하되었기 때문에 피해자인 나는 그렇게 억울하다는 생각이 들지 않았다.

감히 비교할 수 없는 사례이긴 하지만, 나치의 홀로코스트 피해자들은 전후에도 나치의 주요 범죄자들이 떵떵거리면서 잘사는 것에 분노했다. 나치 수용소에서 살아 돌아온 얀켈레비치는 "용서에 의미와 존재 이유를 부여하는 것은 오직 죄인의 고뇌요, 고독이다. '경제발전의 기적'으로 죄인이 기름지고 잘 먹고 잘나가고 유복하다면 용서는 암울한 농담이 된다"[■]고 말한 바 있다. 2021년 봄 학교폭력 피해 미투를 통해 가해자를 지목하는 피해자들은 가해자들이 유명인이 되자 미디어를 통해 피해자로서 또다시 그들에게 무방비로 노출되어야 하는 일의 괴로움을 토로했다. 그들은 가해자가 마치 폭력이라고는 모르는 것처럼 때 묻지 않은 듯 연기하며 사회적으로 잘나가는 모습에 대해 분노할 수밖에 없었을 것이다. 하지만 다행인지 불행인지 나의 가해자는 그런 위치에 있지 않았다.

만약 K가 나를 찾아와 용서를 구하고 자신을 받아들이길 원한다면 어떨까? 나는 이 글을 쓰면서 마사 누스바움의 『분노와 용서』를 읽었다. '용서의 계보학'을 살피며 분노와 용서의 온갖 맥락을 짚는 누스바움의 글은 흥미롭고, 깊고, 평화롭다. 반면 나치의 범죄자 한 명이 자신의 죄에 대해 사과하자 시몬 비젠탈과 그 외 여러 명이 이에 대한 응답으로 쓴 『모든 용서는 아름다운가』는 흥미롭고, 깊고, 덜평화적이다. 후자의 책에서는 '절대' '결코'와 같이 완고하고 단호한 말이 자주 등장한다. "화해 자체를 어떤 식으로건 거부한다는 입장이다"(장 아메리), "내 대답은 결코 용서하지

■ 스베냐 플라스푈러, 『조금 불편한 용서』, 장혜경 옮김, 나무생각, 2020, 24쪽.

말자는 것이다"(엘렌 L. 버거), "가해자가 희생자에게 용서를 구하는 것이야말로 정의에 대한 모욕이다"(허버트 마르쿠제), "그를 용서하지 않은 것은 분명 잘한 일이다"(프리모 레비). 즉 누스바움처럼 제2차 세계대전 때 강제수용소행을 몸소 겪지 않은 이들은 용서와 화해에 좀더 너그러우면서 인간의 나약함과 악함을 보편 용어로 쓰는 반면, 고통의 당사자나 희생자들은 용서에 격분하는 훨씬 더 닫힌 사람처럼 보이기도 한다.

만약 용서가 그자를 생활 속에 받아들이고, 우연찮게 마주칠 수도 있음을 뜻한다면 나는 결코 할 수 없다. 내 의도와 달리 가해자의 얼굴과 표정과 말에 노출되어야 한다면 그것도 할 수 없다. 손을 잡으라거나 말 한마디만 나누라고 한다면 뒤돌아 도망칠 것이다. 나와 전혀 상관없는 이방인이라면 나에게 잠재적 위협을 가할지 모를 존재라고 해도 받아들일 수 있을 것 같다. 하지만 '친숙한' 그 애만큼은 절대 안 된다. 벌써 28년이 흘렀는데, 만약 그 긴 세월 동안 속으로 한을 되갚아줄 생각을 굳혀왔다면 어떻게 하겠는가. 이것은 상상이 만들어낸 이미지가 아니다. 내가 실제로 겪었던 위협들을 떠올린다면 현실에서 충분히 벌어질 법한 상황이다. 나는 그 애가 마침내 목숨까지 좌지우지할까봐 겁이 난다. 내 생의 중반에서 학교폭력을 떠올리며 내린 결론은 이 정도다. 세월이 지나면 조금 누그러질 수 있을까.

지금 그 애는 자신의 삶을 어떻게든 잘 봉합하면서 살고 있을까, 아니면 끝 모르는 단계까지 강도를 높여가며 가학과 피학의 세계로 자신과 주변 사람을 내몰고 있을까.

2장

아픔이 같은 방향으로 흐른다면

황예솔 작가

우리는 살아가면서 몇 번에 걸쳐 마음의 허물을 벗는다. 새로운 환경에 적응하고 다양한 경험을 통해 더욱 단단해져 가는 과정이다. 허물을 벗는 시기는 가장 쉽게 상처받는 때이기도 하다. 특히 청소년기는 마음이 성장하는 만큼 더 조심스럽다. 허물을 제대로 벗지 못하면 영원히 허물 속에 갇혀버리거나, 벗겨지다 만 껍데기를 이고 살아가거나, 죽음에 이른다. 허물을 벗을 때 피부를 찢고 나아가는 노력이 필요하기 때문에 완전히 탈피하기까지 충분한 시간이 주어져야 한다. 그런 여리고 예민한 청소년기를 학교에서 보낸다. 학교는 자신을 일구며 배우는 장소이자, 여러 시행착오를 겪으며 탈피를 준비하는 곳이어야 한다. 하지만 성인이 된 후에 나의 학창 시절을 돌아보니 성장보다는 생존이 우선이었던 것 같다. 아이들이 허물 속에서 단단해지기를 기다려줘야 하는 학교가 오히려 경쟁과 규제 속으로 아이들을 몰아넣어 폭력적인 환경에 노출시키지나 않았는지 의문이 들었다.

3년 전, 학교폭력을 다룬 소설을 한 편 썼다. 학교폭력으로부터 10년이 지난 후 다시 만난 피해자와 가해자의 이야기다. 비가 내리면 빗물이 낮은 곳으로 흘러가듯 폭력의 아 픔 또한 액체의 속성을 가졌는지, 자꾸 낮은 피해자 쪽으로 만 흘러가 고였다. 그 자리는 웅덩이가 되어 피해자에게 흉 터로 남는다. 그에 비해 가해자는 폭력의 기억을 깨끗하게 지워버린 채 새로운 삶을 사는 경우가 많다. 오히려 반대가 되어야 마땅한데 말이다. 왜 그럴까 고민하다가 폭력과 혐오 는 단순하게 한 방향으로만 흐르지 않는다는 걸 발견했다. 폭력과 혐오는 사회 속에서 순환하는 모양을 가졌다. 가해 자 또한 다른 폭력의 피해자라고 가정하면 저지른 잘못을 쉽게 잊는 이유를 설명할 수 있었다. 남의 집 웅덩이보다 내 집 웅덩이를 먼저 들여다보는 것이 인간이기 때문이다. 학교 는 청소년 세계의 전부이자 사회의 축소판이며 폭력을 가 장 처음 맞닥뜨리게 되는 공간이다. 나도 학교에서 생긴 상 처의 웅덩이가 있다. 소설의 소재를 찾던 중, 그 속에 가라 앉았던 허물 조각 하나가 수면 위로 떠올랐다.

새살이 돋기 전 쓰라림을 견딘 시간

초등학교 3학년 여름방학, 익숙해진 동네를 떠나 전학을

갔다. 나는 평범했다. 같은 동네에 살거나 키가 비슷해서 친해진 친구들하고 잘 놀다가 별것도 아닌 일로 투닥투닥 다투고, 또 같이 놀고 싶어서 화해하는, 그런 평범한 일상을 살던 아이. 어른을 대하는 걸 어려워했지만 친구들 사이에 있으면 명랑한 편이었다. 친구들이 있는 동네에서 한참 멀리 떨어진 곳으로 이사 오고, 낯선 가구 냄새가 나는 새로운 방에서 베개를 끌어안고 누워 새벽까지 잠 못 들었다. 친구를 새로 사귈 수 있을까. 1학년에 처음 서울로 전학 왔을 때가 떠올랐다. 친구들은 나를 소개해주는 선생님 말에 귀 기울이고 박수 쳐주었다. 내게 다가와 말을 걸었고, 이 것저것 물어보거나 알려주기도 했으며, 친구가 되자고 손을 내밀었다. 그 기억 때문에 이번 학교에서도 친구들이 내게 먼저 다가올 거라고 기대했다.

새로운 학교는 전에 다니던 학교와 분위기가 달랐다. 웃지 않는 담임 선생님 아래서 아이들은 조용했다. 나는 별다른 소개 없이 지정된 빈자리에 앉았고, 같은 반 친구들은 나를 흘긋흘긋 쳐다볼 뿐 아무도 말을 걸지 않았다. 낯을 가리는 나는 종일 아무 말도 하지 않다가 집에 오곤 했다. 그런 날이 계속 반복되었고, 숙제를 어떻게 해야 하는지, 검사는 언제 하는지 알지 못해 점점 뒤처졌다. 매일 아침 숙

2장 아픔이 같은 방향으로 흐른다면

제 검사를 하고 나면 선생님은 나를 앞으로 불러 회초리로 손바닥을 때렸다. 그리고 오전 시간 내내 벌로 교실 뒤편 벽을 보고 서 있어야 했다. 그게 나의 일상이 되어갔다. 매일 맞고, 다리가 후들거릴 때까지 벽 앞에 서 있고, 자리에 돌아온 후에는 엎드린 채 시간이 지나기만을 기다렸다.

부모님께 매일 벌을 받는다고 말하면 숙제를 왜 안 해 갔냐고 혼날까봐 말을 못 했다. 그러던 어느 날, 저녁 시간에 엄마 아빠가 여느 때처럼 학교에서 뭐 했냐고 물어봤는데 갑자기 참아왔던 서러움이 터져나왔다. 울면서 맞기 싫어 학교에 가기 싫다고 말했다. 부모님은 예상외로 나를 혼내지 않았고, 그날 밤새 안방에서 대화 소리가 들렸다. 며칠 뒤, 엄마가 구두상품권을 준비해서 학교에 찾아왔다. 상품권을 받은 선생님은 그날부터 나를 벌주지 않았다. 그리고 일주일 후에 다시 엄마를 학교에 불렀다. 선생님은 상품권을 돌려주며 엄마에게 사과했다. 복도에 선생님과 엄마가 서 있는 모습이 선명하다. 선생님이 고개 숙였고, 엄마도 고개 숙였다. 그 뒤로 바뀐 일상은 없었다. 여전히 친구가 없었고, 공부에서는 뒤처졌으며, 학교에 가는 것이 싫었다. 이게 내가 가지고 있는 열 살의 기억 전부다. 그때 배운 것이 있다면 나 같은 사람, 매일 맞고 구부정하게 앉아 아무런 말도 못 하는 사람과는 누구도 친하게 지내고 싶어하지 않는다는 것이었다. 친구를 만들려면 내가 아니어야 했다. 선생님이 미웠다. 나에게 다가오지 않는 친구들도 미웠다. 그 중에서도 숙제를 못 해가고 말도 못 거는 내가 제일 싫었다. 새살이 돋기도 전, 뜯어진 허물 속 살갗으로 쓰라림을 견딘 시간이었다.

치욕을 주고받은 시간

그렇게 4학년이 되었다. 첫날, 키 번호를 정했다. 키가 가장 작았던 나는 1번이었다. 2번인 여자아이와 짝꿍이 되었는데 그 애가 먼저 살갑게 인사하며 친하게 지내자고 했다. 전학 오기 전에 가장 친하게 지냈던 친구 두 명도 키 번호가 나란히 붙어 있었다. 드디어 학교에 새로운 친구가 생길지 모른다는 설렘에 두근거렸다. 쉬는 시간에 시시콜콜한 대화도 나눴다. 친구와 대화하는 것이 오랜만이라 말을 조금 더듬고 대답하기까지 시간이 오래 걸렸지만 마냥 좋기만 했다. 음악 수업이 끝나고 그 애는 내게 화장실에 같이 가자고 했다. 그동안 혼자 화장실에 가는 것이 싫어 하루 종일

오줌을 참아왔기에, 화장실 같이 가자는 말이 그렇게 기쁠 수가 없었다. 그 애를 따라 화장실에 갔더니 같은 칸에 들어가자고 했다. 조금 이상한 제안이었으나 알겠다고 대답했다. 그런데 문을 닫자마자 그 애가 벽으로 나를 밀쳤다. 위압적으로 변한 그 애는 내가 음악 시간에 노래를 부르지 않은 것이 마음에 들지 않는다고 했다. 위축된 나는 미안하다고 했고 의기양양해진 그 애는 다음부터 노래를 크게 부르라며 자신이 지켜볼 거라고 했다. 그게 시작이었다.

화장실 칸을 나오면 그 애는 다시 친절하게 굴었다. 그 애는 어린 동생을 대하듯이 나를 대했으며 내가 마음에 들지 않는 행동을 하면 화장실로 불러 어깨를 밀치거나 양쪽 팔뚝을 부여잡고 몸을 흔들며 나를 위협했다. 수업을 듣는 내내 그 애의 눈치를 봐야 했다. 점점 그 애는 자기 기분에 따라 행동했다. 기분이 나쁘면 락스 냄새가 나는 화장실로 불러 말도 안 되는 걸 트집 잡고 사과를 요구했다. 반박하는 날에는 말대꾸를 했다며 손가락으로 이마를 툭툭 쳤다. 나를 왕따로 만들 거라고 했다. 아무도 나를 좋아하지 않을 거라고, 앞으로 다시는 친구를 만들지 못하게 할 거라고 말했다. 그게 너무 무서웠다. 그 애마저 없으면 나는 정말 그렇게 될 것이었다.

집에 가서 엄마에게 슬쩍 그 애에 대해 말하기도 했다. 엄마는 대수롭지 않게 생각하고, '웃기는 애가 다 있다'며 웃어넘겼다. 나도 애써 웃었다. 심각한 일은 아니었다. 고작 그 애 한 명이서 나를 괴롭히는 거였으니까. 나만 참으면 아무 문제도 일어나지 않을 사소한 일이었다고, 그렇게 생각했다. 나도 그때의 상처가 그리 오래도록 나를 좀먹을 줄은 몰랐다.

하교하는 오후면 아파트 단지 내 놀이터는 또래 친구들이 노는 소리로 가득하다. 그 속에서 나 혼자 축 처진 어깨를 하고 걷는다. 볕과 소리의 흐름이 아름다운 길이었다. 아파트 단지를 울리는 아이들의 웃음소리, 분홍색 보도블록 위에 길게 늘어지는 나의 그림자. 천천히 떠가는 꽃가루를 따라 고개를 들면 아파트가 가둬둔 하얀 구름과 파란 하늘이 보였다. 그리고 키 작고 외로운 어린아이 하나가 천천히 걷고 있다. 그 와중에 날씨가 좋다고 생각해서 그 순간을 아프게 기억하는 지금의 내가 있다.

그 애와 나의 관계는 실내 아이스링크로 소풍을 간 날 전환되었다. 그 애는 버스에 오르자마자 내게 도시락으로 무얼 싸왔냐고 물으며 점심을 같이 먹자고 했다. 나는 그러자고 했다. 아이스링크에 도착해서 스케이트화를 신고 다

같이 스케이트 타는 법을 배웠다. 인라인 스케이트를 타는 것도 서툴렀던 나는 자꾸 넘어졌고, 그 애는 그런 나를 놀리다가도 엄한 표정을 지었다. 그 애는 운동신경이 좋아 스케이트도 아주 잘 탔다. 아이스링크에 처음 가본 나는 춥지 않을 거라 생각해 얇은 외투를 입고 왔던 터라 입술이 파랗게 질릴 만큼 추위에 떨었다. 모든 게 엉망이었다. 기분이 안 좋아 결국 빙판 바깥으로 나와서 혼자 앉아 있었다. 그 애는 점심시간이 될 때까지 빙판을 계속해서 돌고 돌았다. 종종 내 이름을 부르며 왜 타지 않느냐고 물어보다가도 나를 경멸하듯 한숨을 쉬었다. 웅크려 있는데 눈물이 자꾸 비집고 나왔다. 그때 같은 반이었던 여자아이 네다섯 명이 내게 다가왔다. 대뜸 내게 '쟤가 너를 괴롭히느냐'고 물었다.

그 애들은 키가 커서 항상 교실 뒷자리에 앉았다. 쉬는 시간이면 삼삼오오 모여 앉아 자기네끼리 까르르거리기 바빴다. 내게 관심조차 없는 줄 알았다. 나는 친구가 많고 남자애들하고도 잘 노는 걔네가 부러웠다. 그랬던 아이들이 내게 손을 내민 것이다. 그 애들은 어떻게 괴롭힘을 당했는지 말해보라며 나를 부추겼다. 낯선 상황에 머뭇거리던 나는 누구도 먼저 물어보지 않고, 진지하게 생각하지도 않을 것 같던 지금까지의 일에 대해서 조심스럽게 토로하기 시작했다. 그 애들은 욕을 섞어가며 내 말에 맞장구를 쳤다. 모두 듣고 나서는 '우리가 직접 그 애에게 말해주겠다'며 걱정 말라고 위로까지 했다. 그리고 점심시간이 되었다. 나는 그 애와 앉아 점심을 먹었고 다 먹어갈 때쯤 그 애들이 우리 자리로 왔다. 그 애들은 '네가 얘를 괴롭혔냐. 왜 얘를 괴롭히느냐'고 물으며 손가락으로 내 이마를 밀던 행동을 그 애에게 똑같이 했다. 그리고 '이제 기분이 어떠냐'고 물었다. 심장이 쿵쾅거렸다. 한 번도 그런 상황을 상상하지 않았다면 거짓말이다. 나도 그 애에게 똑같이 해주고 싶었다. 내가 느꼈던 비참하고 치욕스러운 감정을 꼭 느껴보길 바랐다. 하지만 그 와중에도 나는 그 애의 눈치를 봤다. 그 애는 애써 웃어 보이다가 점점 표정이 굳어갔고, 눈물까지 고였지만, 끝내 괜찮은 척했다. 통쾌하고 좋을 줄만 알았는데, 추웠던지 아니면 무서웠던지 온몸이 벌벌 떨렸다. 어금니가 딱딱 부딪칠 정도였다. 차가운 공기와 어둑하고 창백한 실내 아이스링크장의 분위기가 아직도 생생하다. 따뜻한 버스로 돌아와서도 종종 소름이 끼쳤다. 집으로 돌아오는 내내 그 애는 눈을 감고 잠을 잤다. 아니면 잠에 든 척했는지 모르겠다. 그렇게 싸늘한 소풍이 끝났다.

학교는 그런 곳이었다

그 이후로 그 애가 나를 화장실로 부르는 일은 없었다. 앉은 자리도 바뀌었다. 나는 나를 도와준 친구들 사이에 낄 수 있었다. 바로 친해지기는 어려웠지만 그 애들은 끊임없이 나를 챙겼다. 체육 시간에 피구를 할 때 항상 주축이 되어 게임을 진행하다가도 내 이름을 크게 불렀고, 그럴수록 그 애는 나를 모르는 척했다. 그렇게 며칠이 지났을까. 담임 선생님이 체육 시간에 남자아이들만 내보냈고, 여자아이들은 교실에 남았다. 선생님의 얼굴이 굳어 있었다. 얼어붙은 교실에 눈치 없는 남자아이들의 공 차는 소리만 창문을 통해 흘러들어왔다. 선생님은 우리에게 갱지로 된 설문지를 하나씩 나눠주고 아이스링크에서 있었던 이야기를 모두 적으라고 했다. 손이 떨렸다. 땀에 연필이 자꾸 미끄러졌고 종이가 울었다. 끝내 나는 그 애에게 당한 모든 일을 차례대로 적기 시작했다. 화장실에서 괴롭힘을 당한 일과 아이스링크에서 친구들이 나를 도와준 일까지. 선생님은 설문지를 다 적은 사람은 엎드리라고 했다. 모두가 엎드릴 때까지 나는 꼼꼼하게 설문지를 적었다. 첫 문장을 쓰고 나니 다음 문장이 저절로 이어졌다. 선생님은 눈을 감고 있으면 설문지를 걷어갈 테니 책상 위에 종이를 뒤집어 두라고 했다. 눈을 감고 있는 내내 눈꺼풀이 파르르 떨렸다.

시간이 얼마나 흘렀을까. 설문지를 확인한 선생님은 나와 그 애를 일으켰다. 그리고 내게 종이에 적은 내용을 말해보라고 시켰다. 나는 떨리는 목소리로 떠듬떠듬 화장실에서 있었던 일에 대해 말했다. 내 말을 들은 선생님은 그 애에게 대뜸 '정말이냐'고 물었다. 그 애는 억울한 표정을 지으며 '그냥 장난'이었다고 했다. 선생님은 앉아 있는 친구들에게 아이스링크에서 일어난 일에 대해 물었다. 친구들은 내 이름을 앞세워 내가 이렇게 말해서 그런 거라고 했다. 선생님은 조금 고민하더니 아무리 그래도 여럿이서 한 사람을 괴롭히는 건 안 된다며, 모두 그 애에게 사과하라고 했다. 그래서 그렇게 했다. 이 사건의 피해자는 내가 아닌 그 애였으니까. 그 애도 선생님이 시켜서 내게 사과했다. 자신의 상처만 가득한 눈으로 억지로 미안하다고 말하던 그 애의 표정이 사진처럼 뇌리에 박혔다. 종이 치고 곧 남자아이들이 들어왔다. 쉬는 시간에 그 애는 혼자 화장실에 갔고, 나와 친구들은 복도 끝으로 가서 그 애와 담임 선생님을 욕했다. 허무했다. 분명 괴롭힘당한 사람은 나였고 내 편을 들어준 친구들은 나를 도와준 거였다. 그런데 내가, 우리가 가해자였다. 내 상처는 열감이 채 가시지도 않았는데 피가 나지 않는다는 이유로 상처 취급도 못 받았다. 어디서부터 잘못된 건지 알려주는 사람은 없었다. 그냥 학교는 그런 곳이었다.

그 후로 나는 친구들과 더욱 친해지면서 성격이 많이 바뀌었다. 나를 괴롭힌 그 애도 곧 다른 무리의 친구들과 친해졌다. 얼마 동안 아무런 걱정 없이 학교에 다녔다. 하굣길이 같은 친구와 함께 걸으면서 새로 친해지기도 했다. 얼굴이 하얗고 안경을 쓴, 노랑이 잘 어울리는 밝은 아이였다. 똑똑하고 야무진 친구였고 나는 그 아이를 꽤나 좋아해서 하교 시간을 소중하게 생각했다. 그런데 나를 도와줬던 친구들이 점점 그 친구를 욕하기 시작했다. 아는 척하는 것이 재수 없고 나댄다는 이유에서였다. 그런가? 나에게 화장실 좁은 칸에서 맡았던 찌릿한 락스 냄새가 나는 것 같았다. 냄새를 모른 척하려고 고개를 크게 끄덕였다. 맞아. 그랬던 것 같아. 목소리도 크고 자꾸 소리 지르는 것도 짜증 나. 친구들은 같이 고개를 끄덕이며 걔를 그냥 둘 순 없다고 했다. 쉬는 시간, 우리가 항상 모여서 이야기하던 복도 끝으로 그 친구를 불렀다. 한 명씩 그 애가 왜 싫은지 이야기했다. 말갛고 당차던 그 애의 낯빛이 점점 붉어져갔다. 내 차례가 되었는데, 그 애가 울었다. 지금도 그 기억을 떠올리면 괴롭다. 친구들과 멀어질까 두려워 진심으로 그 친구를 함께 미워했던 그때의 내가 싫다. 그저 무리에서 버림받지 않으려면 그래야 했다. 선택권이 있었다면 내가 다음 차례가 되는 것뿐이었다.

그 친구와 함께했던 하교 시간이 사라졌다. 그렇다고 같은 방향으로 걷는 그 애를 앞지를 수는 없어서, 앞서가는 그 애의 뒷모습을 보며 혼자 집으로 향했다. 종종 그 장면이 떠오른다. 그때마다 그 애의 뒷모습을 자꾸 나의 뒷모습으로 착각한다. 한 번도 나의 뒷모습을 직접 본 적이 없지만 어쩐지 본 적이 있는 것처럼. 그 친구와 나는 한동안 어색하게 모른 척하다가 자리가 바뀌고 가까워지면서 서서히 다시 친해졌다. 전처럼 함께 하교하기도 했다. 어느 날은 하굣길에 그날 일에 대한 사과를 건넸고 그 애는 대수롭지 않게 내 사과를 받아줬다. 졸업 후에는 같은 중학교에 입학해서 인사를 나누는 친구 사이로 남았고, 성인이 되어서도 동네에서 종종 마주쳤다. 그런데 사실, 나는 아직도 그 친구를 만나면 가슴 어딘가가 내려앉는다. 여전히 두렵다. 내게 아직까지 열 살에 괴롭힘당한 허물이 붙어 있는 것처럼, 그 애에게도 그때의 허물이 붙어 지금까지 괴롭힐까봐.

인간에게 유해한 존재는 인간

　가해자가 피해자로, 피해자가 가해자로 변하는 것은 하루아침에 이루어질 수 있는 일이었다. 교사 또한 학생들에게 폭력을 행사했지만 반대로 학생 혹은 학부모에게 모욕을 당하기도 했다. 학교라는 공간 속 폭력의 법칙이었다. 열 살과 열한 살에 겪은 폭력은 트라우마가 되어 중학생이 된 후에도 비슷한 관계를 반복하게 했다. 가장 친하게 지냈던 친구와 사소한 일로 싸웠을 때, 서열의 우위에 있어야 한다는 생각으로 먼저 절교를 통보하기도 하고, 절친하게 지내던 친구들이 나를 투명인간 취급하는 무례한 놀이를 해도 친구들 사이에서 배제되어버릴까봐 애써 괜찮은 척 치밀어 오르는 설움을 꾹 참았다. 피해 기억은 언제나 가해를 부추겼고 가해 후엔 죄책감에 시달렸다.

　학교에서 학생은 누구나 폭력에 노출되기 쉽다. 가해자는 선생님일 수도, 인기가 많은 학생일 수도, 소외된 또 다른 피해자일 수도 있다. 학교 안에서 서열은 아주 작은 무리에서도 존재했고, 조금이라도 힘을 더 가지고 있는 사람이 권력을 가졌다. 서열은 성적, 무력, 자본 등등 여러 요소로 매겨지며 상황에 따라 자주 뒤바뀌었다. 선생님이 수업 중에 공부를 못하는 친구를 무시하는 발언을 하고 교실을 나가면, 그 친구는 선생님을 혐오하며 교실을 폭력적인 분위기를 만들고, 다른 친구에게 화풀이를 하는 식이었다. 그렇게 혐오와 폭력이 공존하는 교실에서 우리는 하루 종일 함께 있어야 했다.

그런데 성인이 되고 나니 학교폭력의 모양은 특별하지 않았다. 끊임없이 약한 사람을 찾아 공격하고, 방관하고, 따돌리는 건 사회 전반적으로 일어나는 일이었다. 그렇게 소설 「유해동물」의 제목을 지었다. 나를 투영한 인물 '여빈'은 학교폭력 피해자다. 폭력과 혐오가 만연하는 사회 속에서 심리상담가가 된 여빈은 다양한 폭력의 피해자들을 마주하며 '인간에게 유해한 존재는 인간'이라고 생각한다. 여빈은 도시에서 유해동물이 된 비둘기를 혐오하는데, 그 혐오는 자신이 비둘기를 죽인 경험으로부터 기인한다. 피해자이면서 동시에 폭력적인 기질을 가진 인물이다. 10년 전에 당한 학교폭력의 가해자 승이를 우연히 만난 여빈은 사고로 모든 기억을 잃은 승이를 다시 찾아가 끔찍한 기억을 되돌려주려는 복수를 계획한다. 하지만 막상 그를 만나고 나니 사고 이후 힘들게 살아가는 모습에 연민을 느낀다. 결국 복수를 포기하고 허무함을 느끼며 돌아간다. 분노도 복수도 용서도 흘러간 시간 앞에서 흐려졌기 때문이다. 여전히 상처의 흔적을 간직한 피해자, 자신만 덩그러니 고여 있을 뿐이었다.

최근 스포츠 스타와 아이돌의 학교폭력 폭로가 이어지는 걸 보면서 친구들과 그에 대한 생각을 많이 나눴다. 다들 학교를 다니면서 폭력을 당하거나 행한 경험, 목격한 경험이 있었다. 그러다 우리가 학생일 때, 소위 일진이라고 불리는 학생들이 방송에 나오는 경우가 많았다는 이야기가 나왔다. 나도 문제아 학생을 모아두고 그들을 갱생한다며 합창을 시키거나 무서운 인상의 연예인에게 교육받는 모습을 소재로 제작한 프로그램을 본 기억이 났다. 하지만 방송은 그 목적과 달리 학생들의 문제 행동을 유독 자극적으로 편집해서 강조시켰다. 과연 문제 학생의 갱생이 목적이었다고 할 수 있을까. 학교 내에서 권위적인 학생의 폭력성을 비웃고 깔보는 시청자들의 모습은 또 다른 가해자의 모습이었다. 당시 학교폭력은 그런 취급을 받았다. 어른들에게 '학생들 사이의 일'이라고 축소되고 비난받으며 한 번의 가십거리, 혹은 예능의 소재로 활용되었다. 누군가에게 가해자였을 수 있는 학생이 가해 사실을 웃으며 밝히고, 불법적인 일탈을 저지르는, 그런 방송을 소비하는 어른들의 사회를 어떻게 받아들여야 했을까. 적어도 나와 친구들은 무력감을 느꼈다. 피해자는 온데간데없이 지워지고 가해자만 대상화하는 사회에서 피해자는 어디서 희망을 찾나. 마찬가지로 지금 학교폭력 이슈가 불거지는 걸 보면 조금 걱정이 된다. 과연 이런 흐름이 올바른 것일까. 그저 이슈 몰이로 번졌다가 흐려지는 건 아닐까. 이 과정에서 피해자에게 2차 가해가 발생하지는 않을지, 가해자였던 연예인을 찾아 몰락시키고 비난하는 것에 집중되어 폭력이 순환하는 건 아닌지 염려된다. 학교폭력 이슈가 그저 화젯거리로만 소비되고 사그라진다면 지금도 고통받고 있을지 모르는 피해자는 무력감에 빠질 것이다. 과거의 우리가, 내가 그랬던 것처럼. 그리고 소설 속 여빈이 허무를 느끼고 자신의 상처를 다시 외면하게 된 것처럼 말이다.

그 시절, 우리는 얼마나 많은 상처를 숨기고 매일 등교해냈을까. 학교폭력의 피해자가 되면 나 자신을 혐오하게 된다. 내가 이런 성격이라서 친구가 떠난 것 같고, 내가 못나서 괴롭힘을 당하는 것 같고, 내가 약해서 맞대응을 못 하는 것 같다. 나 자신이 나의 가해자가 된다는 게 가장 괴로웠다. 만약 지금의 내가 어리고 아팠던 나를 만난다면 꼭 해주고 싶은 말이 있다. 그 세상이 전부가 아니야. 네 잘못이 아니야. 더는 널 미워하지 마. 이 모든 말이 전해지지 않는다면 그저 다음 장의 삶이 분명하게 기다리고 있다는 사실만이라도 알려주고 싶다. 지금도 쓰라린 여린 살로 칼바람을 맞고 있는 아이의 뒷모습이 보이면 기꺼이 아이의 허물이 되어 단단하게 껴안아주고 싶다. 너를 미워하는 세상만 있는 게 아니라는 걸 깨달을 수 있을 만큼 꼭.

매미는 성충이 되기 전, 허물을 벗고 딱 일주일을 살다가 죽는다. 누군가는 이런 매미의 삶이 허무하다고 말한다. 하지만 누군가는 고된 시간을 견뎌 무사히 탈피를 마치고 뜨거운 한여름을 보내는 매미의 허물을 행운의 상징으로 여겨 간직한다. 비록 청소년기를 지나온 나의 허물은 망가져버렸지만, 그 허물을 간직하고 살던 나에게도 새로운 계절은 찾아왔다. 더 오랜 시간이 흐르면 더욱 완전하고 단단한 다른 허물을 갖게 될지도 모른다. 그때는 지난 허물을 아프지 않게 떼어내며 허무 대신 행운을 먼저 떠올리는 계절을 맞이할 수 있을 것이다. 그때까지 우리 함께 이야기하자. 폭력과 혐오의 순환을 끊고, 멀리 떠내려 보낼 수 있도록. 상처의 웅덩이에 혼자 눈물을 떨어뜨려 깊어지게 두지 않아도 된다. 아픔이 같은 방향으로 흐른다면, 우리 모두의 웅덩이를 모아두고 조금씩 흘려보내자. 언젠가 고인 슬픔이 사라지는 날, 가라앉아 있던 맑은 우리를 발견할 것이다.

아들이 죽었다, 학교폭력을 견디지 못하고

─ 2011년 권승민군의 학교폭력에 대하여

임지영 고등학교 교사

권승민(1998년 2월 25일~2011년 12월 20일)

김대중 대통령이 취임식을 하던 그날 그 시간에 태어남

2011년부터 몇몇 아이에게 학교폭력을 당함

2011년 12월 19일 유서 작성

2011년 12월 20일 학교폭력으로 인해 사망(자살)

2011년 12월 29일 대구수성경찰서는 가해자로 지목된 서모군과 우모군 2명에 대해 폭력 행위 등 처벌에 관한 법률 위반(상습상해, 상습강요, 상습공갈 등) 혐의로 사전 구속영장을 신청

2011년 12월 31일 가해자 구속

2012년 2월 13일 서군과 우군 2명에 대해 각각 징역형 선고(1심). 대구지방법원 2012고단*** 가해자 서모군 징역 장기 3년 6월, 단기 2년 6월 가해자 우모군 징역 장기 3년, 단기 2년

2012년 4월 14일 2심 판결. 대구지방법원 2012노*** 가해자 서모군 징역 장기 3년, 단기 2년 6월 가해자 우모군 징역 장기 2년 6월, 단기 2년

2012년 6월 28일 대법원 3심 판결. 대법원 2012도*** 상고 기각, 2심 확정

2012년 12월 20일 1주기

2021년 12월 20일 10주기

권승민군이 가해자들로부터 받은 문자

"너 오늘 개때려준다."

"요즘 안 맞아서 영 상태가 맛 갔네."

"내일 죽인다."

"닥치고 기본 (새벽) 2시 반이다."

"50분 맞을래 (숙제) 15장 쓸래?"

"20분 간격으로 지금부터 (새벽) 3시까지 내 폰에 전화하고 보고도

해라."

권승민군이 남긴 유서 전문

제가 그동안 말을 못 했지만, 매일 라면이 없어지고, 먹을 게 없어지고, 갖가지가 없어진 이유가 있어요. 제 친구들이라고 했는데 서○○하고 우○○이라는 애들이 매일 우리 집에 와서 절 괴롭혔어요. 매일 라면을 먹거나 가져가고 쌀국수나, 용가리, 만두, 수프, 과자, 커피, 견과류, 치즈 같은 걸 매일 먹거나 가져갔어요.

3월 중순에 ○○○라는 애가 같이 게임을 키우자고 했는데 협박을 하더라구요. 그래서 제가 그때부터 매일 컴퓨터를 많이 하게 된 거예요. 그리고 그 게임에 쓴다고 제 통장의 돈까지 가져갔고, 매일 돈을 달라고 했어요. 그래서 제 등수는 떨어지고, 2학기 때쯤 제가 일하면서 돈을 벌었어요. (그 애들이) 계속 돈을 달라고 해서 엄마한테 매일 돈을 달라고 했어요. 날이 갈수록 더 심해지고 담배도 피우게 하고 오만 심부름과 숙제를 시키고, 빡지까지 써줬어요. 게다가 매일 우리 집에 와서 때리고 나중에는 ○○○이라는 애하고 같이 저를 괴롭혔어요.

키우라는 양은 더 늘고, 때리는 양도 늘고, 수업 시간에는 공부하지 말고, 시험문제 다 찍고, 돈 벌라 하고, 물로 고문하고, 모욕을 하고, 단소로 때리고, 우리 가족 욕을 하고, 문제집을 공부 못 하도록 다 가져가고, 학교에서도 몰래 때리고, 온갖 심부름과 숙제를 시키는 등 그런 짓을 했어요.

12월에 들어서 자살하자고 몇 번이나 결심을 했는데 그때마다 엄마, 아빠가 생각나서 저를 막았어요. 그런데 날이 갈수록 심해지자 저도 정말 미치겠어요. 또 밀레 옷을 사라고 해서 자기가 가져가고, 매일 나는 그 녀석들 때문에 엄마한테 돈 달라 하고, 화내고, 매일 게임 하고, 공부 안 하고, 말도 안 듣고 뭘 사달라는 등 계속 불효만 했어요. 전 너무 무서웠고, 한편으로는 엄마에게 너무 죄송했어요. 하지만 내가 사는 유일한 이유는 우리 가족이었기에 쉽게 죽지는 못했어요. 시간이 지날수록 제 몸은 성치 않아서 매일 피곤했고, 상처도 잘 낫지 않고, 병도 잘 낫지 않았어요. 또 요즘 들어 엄마한테 전화해서 언제 오냐는 전화를 했을 거예요. 그 녀석들이 저한테 시켜서 엄마가 언제 오냐고 물은 다음 오시기 전에 나갔어요.

저 진짜 죄송해요. 물론 이 방법이 가장 불효이기도 하지만 제가 이대로 계속 살아 있으면 오히려 살면서 더 불효를 끼칠 것 같아요. 남한테 말하려고 했지만 협박을 했어요. 자세한 이야기는 내일쯤에 김○○이나 윤○○이란 애들이 자세하게 설명해줄 거예요.

　오늘은 12월 19일, 그 녀석들은 저에게 라디오를 들게 해서 무릎을 꿇리고 벌을 세웠어요. 그리고 5시 20분쯤 그 녀석들은 저를 피아노 의자에 엎드려놓고 손을 봉쇄한 다음 무차별적으로 저를 구타했어요. 또 제 몸에 칼등을 새기려고 했을 때 실패하자 제 오른쪽 팔에 불을 붙이려고 했어요. 그리고 할머니 칠순 잔치 사진을 보고 우리 가족들을 욕했어요. 저는 참아보려 했는데 그럴 수가 없었어요. 걔들이 나가고 난 뒤, 저는 제 자신이 비통했어요. 사실 알고 보면 매일 화내시지만 마음씨 착한 우리 아빠, 나에게 베푸는 건 아낌도 없는 우리 엄마, 나에게 잘 대해주는 우리 형을 둔 저는 정말 운이 좋은 거예요.

　제가 일찍 철들지만 않았어도 저는 아마 여기 없었을 거예요. 매일 장난기 심하게 하고 철이 안 든 척했지만, 속으로는 무엇보다 우리 가족을 사랑했어요. 아마 제가 하는 일

　　　　　　　　　　3장 아들이 죽었다, 폭력을 견디지 못하고

은 엄청 큰 불효인지도 몰라요. 집에 먹을 게 없어졌거나 게임을 너무 많이 한다고 혼내실 때, 부모님을 원망하기보단 그 녀석들에게 당하고 살며 효도도 한 번도 안 한 제가 너무 얄밉고 원망스러웠어요. 제 이야기는 다 끝이 났네요.

12월 19일 전 엄마한테 무지하게 혼났어요. 저로서는 억울했지만 엄마를 원망하지는 않았어요. 그리고 그 녀석들은 그날 짜증난다며 제 영어자습서를 찢고 3학년 때 수업하지 말라고 ○○○은 한문, ○○○는 수학책을 가져갔어요. 그리고 그날 제 라디오 선을 뽑아 제 목에 묶고 끌고 다니면서 떨어진 부스러기를 주워 먹으라 하였고, 5시 20분쯤부터는 아까 한 이야기와 똑같아요.

저는 정말 엄마한테 죄송해서 자살도 하지 않았어요. 어제(12월 19일) 혼날 때의 엄마의 모습은 절 혼내고 계셨지만 속으로는 저를 걱정하시더라고요. 저는 그냥 부모님한테나 선생님, 경찰 등에게 도움을 구하려 했지만, 걔들의 보복이 너무 두려웠어요. 대부분의 학교 친구들은 저에게 잘 대해줬어요. 예를 들면, 윤○○, 김○○, ○○○, ○○○, 최○○, 이○○, 장○○, 황○○, 최○○, 전○○, 이○○, 장○

○, 이○○, 김○○, 남○○, 유○○ 등 솔직히 거의 모두가 저에게 잘해줬다고 해도 과언은 아니에요. 저는 매일매일 가족들 몰래 제 몸의 수많은 멍들을 보면서 한탄했어요.

항상 저를 아껴주시고 가끔 저에게 용돈도 주시는 아빠, 고맙습니다.

매일 제가 불효를 했지만 웃으면서 넘어가주시고, 저를 너무나 잘 생각해주시는 엄마, 사랑합니다.

항상 그 녀석들이 먹을 걸 다 먹어도 나를 용서해주고, 나에게 잘해주던 우리 형, 고마워.

그리고 항상 나에게 잘 대해주던 내 친구들, 고마워.

또 학교에서 잘하는 게 없던 저를 잘 격려해주시는 선생님들, 감사합니다.

저희 집 도어키 번호를 바꿔주세요. 걔들이 알고 있어서 또 문 열고 저희 집에 들어올지도 몰라요.

모두들 안녕히 계세요.

아빠 매일 공부 안 하고 화만 내는 제가 걱정되셨죠? 죄송해요.

엄마 친구 데려온답시고 먹을 걸 먹게 해준 제가 바보스
러웠죠? 죄송해요.

형, 매일 내가 얄밉게 굴고 짜증나게 했지? 미안해.

하지만, 내가 그런 이유는 제가 그러고 싶어서 그런 게 아
니란 걸 앞에서 밝혔으니 전 이제 여한이 없어요. 저는 원
래 제가 진실을 말해서 우리 가족들과 행복하게 사는 게
꿈이었지만 제가 진실을 말해서 억울함과 우리 가족 간의
오해와 다툼이 없어진 대신, 제 인생 아니 제 모든 것들을
포기했네요. 더 이상 가족들을 못 본다는 생각에 슬프지만
저는 오히려 그간의 오해가 다 풀려서 후련하기도 해요. 우
리 가족들, 제가 이제 앞으로 없어도 제 걱정 없이 앞으로
잘 살아가기를 빌게요.

저의 가족들이 행복하다면 저도 분명 행복할 거예요. 걱
정하거나 슬퍼하지 마세요. 언젠가 우리는 한곳에서 다시
만날 거예요. 아마도 저는 좋은 곳은 못 갈 거 같지만 우리
가족들은 꼭 좋은 곳을 갔으면 좋겠네요.

매일 남몰래 울고 제가 한 짓도 아닌데 억울하게 꾸중을 듣고 매일 맞던 시절을 끝내는 대신 가족들을 볼 수가 없다는 생각에 벌써부터 눈물이 앞을 가리네요. 그리고 제가 없다고 해서 슬퍼하시거나 저처럼 죽지 마세요. 저의 가족들이 슬프다면 저도 분명히 슬플 거예요. 부디 제가 없어도 행복하길 빌게요.

– 우리 가족을 너무나 사랑하는 막내 권승민 올림

*추가로 발견된 유서

죄송해요. 그리고 마지막 부탁인데 저희 집 도어키 번호 좀 바꿔주세요. 몇몇 애들이 알고 있어서 제가 없을 때도 문 열고 들어올지도 몰라요. 죄송해요 엄마. 사랑해요. 먼저 가서 100년이든 1000년이든 기다리고 있을게요. 정말 죄송해요.

아들이 죽었다. 아들이 사망한 2011년 12월 20일 이후부터 나에게는 "대구에서 학교폭력 때문에 자살한 중학생 권승민군의 엄마"라는 단어가 늘 따라붙는다. 아무것도 할 수 없었던 처음의 시간이 흐르고 사건이 해결되는 과정에서 학교폭력과 피해자라는 단어는 나와 동일시되어 가슴 한가운데 박혀버렸다.

아들은 중학교 2학년이 되면서 새로운 반 친구들을 만났고, 컴퓨터 게임을 같이 하게 되었다. 아이템을 키워달라는 말에 대신 게임을 해주다가 아이템을 도난당하는 사건이 생겼다. 그때부터 동급생(가해자)들로부터 금전적인 배상을 하라는 협박을 받기 시작했다. 아들은 아이템을 물어주는 금전적 협박에서 더 나아가 점차 신체폭력과 언어폭력까지 겪게 되었다. 아들은 점점 더 심해지는 온갖 협박과 구타와 고문을 도저히 견디지 못했고, 특히 가족에게 위해를 가하겠다는 협박을 받으면서 자신이 살던 집에서 뛰어내려 스스로 생을 저버렸다.

나는 그 죽음을 받아들일 수 없어 울지 않았고, 가슴속으로만 절규하며 지내왔다. 이런 날이 오게 될 줄은 알지 못한 채 아이를 낳고, 학교에 보냈다. 그리고 그 학교는 아이를 주검으로 만들어 돌려보냈다(집에서 죽었지만, 사건의 발생지는 학교이기에). 막 시신을 발견했을 때는 따뜻했던 체온이 급속히 떨어져 아이가 더 이상 이 세상 사람이 아님을 확인시켜주었다.

나는 학교 선생이다. 내 일을 좋아하고 이 일에 자부심도 있지만, 학교는 한편 누군가에게는 지옥이 될 수 있다. 모욕과 욕설과 폭행과 괴롭힘이 일어날 수 있으며, 마침내 한 사람의 삶을 앗아갈 수 있는 곳이다.

나는 아들이 죽은 학교라는 공간에서 오늘도 내 삶의 의미나 보람을 찾으려 일하고 있다. 그것이 과연 가능할까.

다시 한번 아들과 관련된 몇몇 기록을 꺼내본다. 지극히 사적인 일기지만, 이런 사소한 일이 내가 할 수 있는 가장 큰 일이다. 죽은 아들은 기록을 통해서만 되살아날 수 있기에.

2012년

1. 매일이 전쟁이다

사고가 있고 나서 시간은 그냥 흐른다. 내 선택이 옳았는지도, 정말 일어난 일인지도 모르겠다. 모든 게 다 꿈같다. 왜 내게 이런 일이 생겼는지, 그 결말은 무엇인지…….

벽을 치면서 우는 큰아들을 봤다. 다 죽여버리겠다고 한다. 그런 아들을 끌어안고 이야기했다. "엄마가 해결할게. 엄마는 그 아이들처럼 폭력을 휘두르지 않고 법대로 하고 싶다. 우리나라는 아직 좋은 나라야. 잘못한 사람은 벌을 줄 거야. 엄마가 꼭 벌 받게 할 거야. 만약 그렇게 안 되면 그때는 엄마가 죽여버릴 거야. 엄마가……."

난 엄마라서 울면 안 되고, 더 강해져서 이 문제를 해결해야만 한다. 남은 아들을 지키는 게 내 몫이다. 잠도 안 오고, 밥알도 넘어가지 않는다. 그래도 난 끝까지 버틸 것이다. 이 문제가 해결될 때까지 큰아들이 노출되면 안 된다. 그래서 언론사에 부탁했다. 인터뷰는 다 할 테니, 제발 아들만큼은 건드리지 말아달라고.

·손해배상소송 제기

교사들에 대한 사적인 복수심은 전혀 없다. 전국에 널리 퍼진 학교폭력이나 집단 괴롭힘에 대한 담임교사와 학교 측의 안일한 대처에 경종을 울리고, 학교폭력과 집단 괴롭힘에 대해 학교 측이 취한 부적절한 조치에 따른 책임을 추궁하기 위해 소송을 냈다. 이번 소송을 통해 학교폭력 근절을 위한 교사들의 의무와 책임이 어디까지인지를 인식하고 또 다른 피해 학생이 발생하는 것을 막을 수 있길 바란다.

·검은색 정장 차림으로 증인 선서

상상도 못 한 엄청난 일을 당하면서 '세상에 이런 일도 생기는구나'라고 생각했다. 그냥 넘어가면 죽은 아들과 남은 우리 가족이 너무 억울할 것 같아 진술을 요청했다. 피고인들이 잘못을 인정한 만큼 이들이 죄에 합당한 처벌을 받아야 하고, 법원이 그렇게 처벌해주리라 믿는다. 어른인 내가 그런 괴롭힘을 당했더라도 자살을 생각했을 것이다. 상습적인 구타에 돈도 빼앗기고, 집에서마저 편하게 쉴 수 없었던 아들이 택한 죽음을 자살로만 볼 수는 없다. 나도 교직에 있으면서 제자들에게 '착하게 살면 잘된다' '나쁜 짓 하면 벌 받는다'고 가르쳤는데 이제는 어떻게 가르쳐야 할지 모르겠다. 피고인들이 '어리다'는 이유 등으로 이들을 제대로 처벌하지 않고 넘어가서는 안 된다.

가해자들을 용서하려는 마음을 먹어보기도 했지만 절대 용서가 안 된다. 나는 이들을 강력하게 처벌해 학교폭력으로부터 고통받는 다른 학생들이 학교생활을 제대로 할 수 있기를 바란다. 진술은 중간중간 울음 때문에 끊어지기도 했고, "쉬었다가 해도 된다"는 판사의 말이 있었지만 20여 분간 계속했다.

2. 악플

아들과 관련된 기사가 거의 매일 신문과 매체를 통해 나간다. 잠을 잘 수 없어서 그것들을 검색한다. 많은 사람이 위로하고 공감해주는 게 힘이 되고 용기를 주었다. 내가 잘못하고 있는 게 아니구나 싶었다. 이제 승민이는 '우리'의 아이가 되었다. 재판하는 과정에서도 많은 분의 도움을 받았다. 이름도 모르는 분의 탄원서와 추모공원에서의 애도 글들이 우리 가족에게 힘이 되었다. 난 단지 가해자들이 어리다는 이유로 넘어가는 것이 아니라, 잘못한 것에 대해 진심 어린 사과를 하고 책임을 지길 바란다. 학교도 교사도 가해자도 진심으로 반성하는 모습을 보이지 않아서 뭐가 잘못됐는지 알려주고 싶다. 장난이었다는 핑계로 숨지 말고 자기가 한 행동에 책임을 다하라고 말이다.

이런 내 모습이 어떤 사람들이 보기엔 이상한가보다. 선생이라면서 어린 학생들에게 낙인찍으려고 한단다. "그리고 결국 돈 때문에 이러는 거 아니에요?" 가해자들이 어린 학생이라면 우리 승민이도 똑같이 어린 학생이다. 승민이는 죽었으니 상관없고 죽게 만든 그 아이들은 학생이라는 이유로 불쌍히 여겨줘야 하는 걸까. 내가 교사라고 해서 그들을 용서해야 하는 의무를 지는 건 아니다. 용서를 구하려면 먼저 자신이 무엇을 잘못했는지 깨닫고, 그 잘못의 결과를 받아들여야 한다. 돈을 많이 받은들 내가 행복할까? 그 돈으로 뭘 하면 행복해질까? 자기 일이 아니라고 함부로 말해서는 안 된다. 어떤 사람들은 우리 가정에 문제가 있어서 아이가 자살했는데 그걸 가지고 학교와 가해자들 핑계를 댄다고 말한다. 자식 잃은 사람에게 죽은 자식 팔아 돈 벌려 한다고 말하다니. 대체 어떤 생각과 마음을 가진 사람이 그런 생각을 할 수 있는 걸까. 그들도 나랑 똑같은 일을 한번 당해보라고 말하고 싶다. 어느 날 갑자기 아침까지만 해도 인사하던 아이가 싸늘한 주검으로 나타났는데 그런 말이 나오는지.

사는 게 사는 게 아니고, 아침에 눈 뜨기가 싫다. 눈을 뜨면 그냥 아들이 있는 곳으로 가고 싶다. 이대로 다 끝났으면 좋겠다. 그러다 큰아들을 보면 가슴이 철렁 내려앉는다. 저 아이도 이런 마음이겠지 싶어서 용기를 낸다. 남편과 남은 아들도 나와 같은 마음일 거다. 그래서 이 싸움은 이겨야 한다. 일단 우리 승민이의 억울함을 풀어줘야 한다. '여한이 없다'는 어린 아들에게 '승민이 잘못이 아니고 그 아이들이 잘못한 거야'라고 말해주고 싶다. 그리고 그 아이들이 잘못한 만큼 벌 받는 정의로운 세상이라고 얘기해주고 싶다. 2011년 지옥에서의 1년이 너의 생生이었지만 그래도 너의 억울함은 풀어졌다고 말하고 싶다.

"거기는 고통이 없는 행복한 곳이지? 잘 지내고 있어. 엄마가 갈 때까지. 보고 싶다, 애기야."

3. 주의 기도

'하늘에 계신 우리 아버지, 아버지의 이름이 거룩히 빛나시며 아버지의 나라가 오시며, 아버지의 뜻이 하늘에서와 같이 땅에서도 이루어지소서. 오늘 저희에게 일용할 양식을 주시고, 저희에게 잘못한 이를 저희가 용서하오니 저희 죄를 용서하시고, 저희를 유혹에 빠지지 않게 하시고 악에서

구하소서.'

무수히 외우던 기도문이 턱 막힌다. '저희에게 잘못한 이를 저희가 용서하오니.' 내게 잘못한 이를 용서할 수 없는데, 내가 용서해야 내 죄도 용서받을 수 있으려나 싶다. 목구멍에서 탁 막혀 더 이상 기도문을 외울 수 없다. 한동안 성당에 가지도 못하고 기도도 할 수 없었다. 아니 울면서 기도했다. '용서가 되지 않습니다. 반성도 하지 않는데 내가 왜 용서해야 하나요?' 하지만 다시 용기를 내 성당에 갔고, 신부님을 만나 이야기했다. 용서할 수 없고, 그래서 성당에 나오는 게 힘들다고.

신부님께서 "억지로 용서하지 마십시오"라고 말씀하셨다. 그 한마디가 나를 살렸다. 왜 나는 억지로 용서해야 한다고 생각했는지……. 그 말에 체증이 내려가듯 마음이 편안해졌다. 용서는 상대방이 진심으로 반성하고 사과할 때 하는 게 아닐까? 억지로 용서하려고 노력하지 않으니 마음이 편하고, 숨이 쉬어진다. 그래도 나는 성당의 구석 자리에 앉는다. 아직은 죄인이기 때문이다.

4. 용서에도 때가 있다

나를 찾아와서 용서해달라고 말한다 해서 용서가 되는 것은 아니다. 더욱이 아이가 이 세상에 없는데. 죗값을 다 받고 용서를 구해야 하는 것이다. 죗값을 덜 받으려 청하는 용서는 더 악질적이다. 용서하지 못하는 마음도 힘들지만 억지로 용서를 비는 것을 보는 것도 고역이다. 그들이 원하는 것은 무엇일까? 정말 용서를 구하기는 하는 걸까? 변호사가 그게 재판에 유리하다고 말하니까 사죄하는 모양을 하는 것은 아닌지 의문이다.

5. 끝이 보인다

지루한 싸움이 끝났다. 전쟁 같은 시간을 보내왔고, 지금도 보내고 있다. 잠을 잘 수 없고, 먹을 수도 없다. 그래도 삶은 계속된다. 그들은 졌고, 우리는 이겼다. 하지만 이기면 뭐 하나, 나에게 남은 건 자식의 흔적인걸.

한 무리의 교복 입은 아이들이 지나간다. 우리 승민이가 있나 싶어 살펴보다가 '아, 우리 승민이는 지금 없지' 하고 고개를 떨구며 외면한다.

출근하면서 운전하는데 갑자기 눈물이 쏟아진다. 차를 갓길에 대고 울었다. 실컷 울고 나면 개운해야 하는데 그렇지 못하다. 다시 운전하면서 학교로 간다. 눈이 부어서 엉망이다. 그래도 교무실로 들어갔다. 난 또 내 삶을 살아야 하니까.

사람들이 나에게 왜 학교를 그만두지 않고 계속 다니냐고 묻는다. 뭐라고 대답해야 할지 답답하다. 먹고살아야 하니까 직장을 다니는 거다. 그리고 난 아직 교직이 좋다. 학생들이 좋고 이쁘다. 학교에서 더 이상 승민이 같은 아이가 나오지 않아야 하니까 내가 지켜봐야 한다. 학교에서 지켜봐야 가장 잘 보일 거니까. 사람들의 관심에서 벗어나고 싶지만 벗어나서는 안 된다. 학교폭력이 얼마나 나쁜 것인지 사람들에게 계속 이야기해야 한다. 어디선가 숨어서 울고 있을 많은 승민이들이 세상에 나와 행복하게 살아야 한다. 난 그런 세상을 원한다. 그래서 욕을 먹어도 계속 나아가는 것밖에는 할 수 없다.

6. 눈 내리는 12월

　오늘 방학을 했는데 눈이 많이 와서 세상이 온통 하얗다. 예전에는 눈 오는 게 좋았는데 지금은 눈 오면 좋아하던 둘째 아이 생각이 나서 그렇지 않다. 눈 오고 며칠 뒤, 우리 아들을 보냈다. 아직 눈이 쌓인 차가운 땅과 아들의 싸늘한 손이 느껴진다. 세상이 눈처럼 깨끗해졌으면 좋겠다. 첫 번째 기일을 보내고 맞는 눈이다. 깨끗하고 아름다워 눈물이 난다.

2013년

1. 소송비 청구

이제 정말 끝인 것 같다. 어제 교육청에서 소송비 청구가 들어왔다. 그래도 교육청은 그놈의 재단보다는 나은 것 같다. 재단에서는 교감이 우리 애한테까지 소송비를 물렸는데 교육청은 부모에게만 보냈다. 자기네 과실이 없다고 판결 나왔으니 소송 비용을 우리보고 물란다. 난 재판이 처음이라 이런 과정을 몰랐는데 징그럽도록 길다. 이제 더는 연락 올 일도 없겠다.

1월 13일부터 SBS에서 학교폭력 3부작을 하는데 내가 좀 나올 것 같아 민망하다. 2월에는 EBS에서 다큐멘터리로 6부작을 방영하고, 우리 이야기를 「다큐프라임」에서 찍었다. 올해부터는 인터뷰를 안 하려고 한다. 사람을 지치게 만들어 인터뷰한 다음 날은 꼭 탈이 난다. 아직도 병원의 도움을 받고 있는데……

그래도 나에게 교사라는 일이 있어서 다행이다. 나는 못되고 냉정한 사람이지만 교사라서 이만큼은 한 것 같다. 하느님께서 고통받는 많은 아이를 살펴보는 계기가 되라고 나를 이렇게 쓰시나보다.

감사기도를 한다. 가난해서 변호사 비용도 낼 수 없는 집 부모가 아니고 나여서 감사하다. 그리고 많은 사람의 지지와 일부지만 승소할 수 있게 해주셔서 감사하다. 교사여서, 학교 사정을 잘 알아서, 그나마 학교를 상대로 얻은 결과라서 감사하다.

어제 먹은 수면제 약기운이 아침까지 남아 있어 출근길에 정신이 몽롱해 창문을 열고 운전했다. 이제는 나도 정상적으로 살고 싶다. 올해는 그게 목표고, 꼭 이뤄졌으면 좋겠다.

2. 불편한 스승의 날

스승의 날이 있어 마음이 불편한 달이다. 난 과연 좋은 선생인가 고민스러워지고, 우리 승민이도 좋은 선생님을 만났다면 어땠을까 싶어 마음이 아프다. 교사이기 전에 먼저 인간이어야 하는 것 아닐까? 난 아직도 승민이 담임에게 사과의 말을 듣지 못했다. 지금도 학교에서 학생들을 가르치면서 승민이에게 미안한 마음을 갖지 않는 것이 이해가 되지 않는다. 용서하려고 참 많이 노력하는데 용서를 구해야 해줄 것 아닌가.

선생님들에게 묻고 싶다, 학생의 목숨보다 더 중요한 것이 무엇인지. 교사는 학생이 있어야 존재할 텐데, 최우선이 되어야 할 학생이 죽었는데 뭐가 그리 중요해서 인간의 도리조차 하지 않는지. 5월은 참 마음이 불편한 달이다.

3. 학생부 삭제

'악어의 눈물'로 학생생활기록부 삭제라……. 우리나라는 언제까지 이럴 건지. 지워지는 가해자의 낙인이 인권위에서 걱정해야 할 일이라면, 지워지지 않는 피해자의 정신적인 낙인은 누가 걱정해주는가. 피해자의 인권은 한번 당했으니 또 당해도 되는, 걱정할 필요가 없는 인권인가보다. 정의로운 세상은 영원히 올 수 없는 것인가?

가해자들은 졸업하면 과거의 만행이 없어지고, 나중엔 사람들한테 영웅담 떠벌리듯 하겠지. 당한 우리는 어쩌라고. 우리 큰아들은 그 일로 마음 힘들어하며 고3을 보내는데, 우리 아들의 장래는 어쩌고 가해자들의 장래를 배려하는가. 가해한 학생들이 나쁜 건데 그로 인한 책임은 피해자가 지는 게 인권을 고려하는 분들의 생각인가?

피해받고 힘들어하는 우리 가족에게는 사과의 말 한마디 없더니, 가해자의 형량이 많다고 법정까지 가서 증언해주는 아주 인격적이고 훌륭하신 승민이 담임 선생님 같은 분들이 세상에 아주 많은 것이 정말 정의일까? 이런 세상에서 내가 살아야 하는 걸까?

4. 「송포유」 단상

가해자도 사람이라 실수할 수 있고 잘못할 수도 있다. 하지만 중요한 건 가해자가 반성하는 것이다. 잘못을 인정하고 그에 합당한 처벌을 달게 받는 것이다. 내가 지금까지 봐온 가해자 중 진정으로 반성하는 사람은 거의 없었다. 가해자들은 늘 "장난"이었다고 했다.

노래를 부르고 치유하고…… 참, 좋겠다.

그러나 그 치유를 왜 가해자가 받아야 하는가? 피해자들은 두려워서 노래를 부르러 나서지조차 못하고 숨어 지내는데. 정말로 노래 부르고 치유받아야 할 아이들은 피해자들이 아닐까? 피해자를 다독이는 「송포유」*는 언제쯤 생길까?

5. 추석

추석에 남들은 조상의 묘를 찾아가는데 나는 아들의 추모공원에서 울었다. 두 번째 추석을 그렇게 보냈다. 열 번째, 스무 번째가 되면 마음이 조금 덜 아플까?

폭력에 시달리다가 장문의 유서를 남기고 아들은 우리 곁을 떠나버렸다. 끝까지 가족을 염려하면서.

사람들은 잊으라고 한다. 먼저 간 아들이니까. 사람의 마음이 그렇게 잊으라고 하면 잊히는지, 언제쯤이면 이 먹먹함이 덜해질지…… 끝없이 분노하고, 절망하고, 그러면서 또 살아간다.

* 「송포유」는 2013년에 SBS에서 3회로 제작된 프로그램이다. 방송 이후 학교폭력 가해자를 미화했다는 논란에 휩싸였다.

3장 아들이 죽었다, 폭력을 견디지 못하고

6. 선생이란 자들

교사가 세상에서 제일 밉다. 인격자인 듯 행동하지만 결국 자기 이득만 생각하며 숨어버린다. 장례식장에 승민이 담임 선생님이 왔을 때 "제가 우리 아이가 이상하다고 했잖아요" 하며 손을 잡았더니 싸늘하게 손을 빼고는 아무 말도 없었다. 장례가 끝난 후 지금까지 단 한마디의 사과나 위로의 말도 없다. 기자들을 데리고 추모공원에 가서 사진을 찍은 반면, 죽은 우리 아이와 가족들에게는 일언반구도 없더니 가해자들을 위해서는 법정에 나가 가해자들의 형량을 줄여달라고 탄원까지 했다. 그 훌륭한 인격을 우리 가족에게는 왜 조금도 보여주지 않는지. 내가 원한 건 그냥 같이 울어주는 것이었다.

세상의 교사들이 다 이렇다면 우리나라 학교는 없어져야 한다. 죽은 아이는 존재하지 않았던 것처럼 없는 사람 취급하고, 죽음을 안긴 아이들만 불쌍히 여기는 게 어떻게 교사의 인격일 수 있을까. 가끔 못된 마음을 먹는다. '그래, 네 아들이 중2가 되면 겪어봐라. 내 고통을 너에게 오롯이 갚아주리라.'

하지만 그렇게 하지 않을 것이다. 분명 가해자들이 심판

받을 거라 생각하기 때문이다. 어쨌든 훌륭한 교사가 더 많을 거라 생각한다. 그래야 내가 이 땅에서 살 수 있지 않을까? 지금도 대구 어느 하늘 아래에 숨어 오히려 자신이 피해자인 듯 처신하며 아이들 앞에 서 계신 선생님.

나도 교사다. 그래서 더 슬프고, 아프고, 화가 난다. 사람들은 나에게 그들을 용서하고 잊으라 한다. 용서는 가해자가 잘못했다며 사과해야 비로소 해주는 것이다. 14년을 키운 자식인데 시간이 얼마나 지났다고 잊힐까. 멍하니 하늘만 보다가 눈물을 흘린다. 그러면 사람들은 "아직도 저러고 있느냐"고 말한다. 나에게도 가끔은 재미있는 일이 있다. 그래서 소리 내어 웃고 있으면 "자식이 죽었는데 엄마라는 사람이 웃는다"고 사람들은 말한다. 평생을 짊어져야 할 천형이다.

그런데 가해자에 대해서는 사회가 너무나 관대하고 쉽게 용서하려고 안달이다. 마치 자신들이 고매한 인격을 가지고 있다는 듯이. 가끔 제발 가해자도, 선생도 잘못했다고 와서 빌었으면 좋겠다는 생각을 한다.

용서하지 못하는 것도 고통이다. 누군가를 미워하면서 사는 것이 얼마나 힘든 일인지 모른다. 그들이 정말로 반성하고 있구나라고 믿고 싶다. 피해자가 도망가는 이상한 상황을 더는 만들지 않으려고 버티는 중인데 너무 힘이 든다.

7. 「무한도전」 가요제

「무한도전」에서 가요제를 한다.

그해에도 가요제를 했다. 승민이는 노홍철과 싸이가 부른 '흔들어주세요'를 늘 내 앞에서 춤과 함께 보여주었다. 그래서 나는 지금도 노홍철이나 싸이를 보는 것이 두렵다. 벌써 2년이다. 가요제가 2년마다 열리니까.

우리 아이는 팔공산 도림사에 있다. 도道가 숲을 이룬다고 해서 거기로 보냈다. 경치가 아름답고 따뜻한 곳이다. 아이를 좋은 곳에 데려다놓음으로써 생전의 고통을 보상해주고 싶었다. 남은 가족들은 그쪽을 바라만 봐도 가슴이 저리다. 빈 수업 시간에 잠시 다녀왔다. 사람들은 시간의 흐름에 따라 변해가는데 우리 아이는 그대로 있다.

교복 입고 지나가는 아이들을 보면 혹시나 그 속에서 "엄마" 하면서 뛰어나올까 싶어 한참을 쳐다본다. 음식을 먹는 게 고통스럽지만 나는 가끔 폭식을 한다. 먹지 않으면 죽을 것 같아서 먹고 토하고 먹고 토하고 또다시 먹고……. 나를 나 스스로 어찌할 수가 없다. 그래도 나는 살아 있다. 2년 뒤에 또 「무한도전」 가요제는 열리겠지.

8. 고독한 12월

날씨가 추워졌다. 12월이면 정상적인 생활이 되지 않는다. 아들 기일이 다가오기 때문이다. 밤마다 꿈을 꾸고, 아무 때나 이유 없이 울고, 멍하니 하늘을 쳐다보고……. 채 식지 않은 아들 시신의 온기와 영안실에서의 냉기가 동시에 느껴져 물에 손도 씻지 못한다. 시간이 지나면 잊힐까?

사람들은 피해자인 우리를 "갑"이라고 한다. 그러면서 가해자들이 불쌍하다고들 한다. 남은 인생이 있어서겠지……. 그래서 그들은 버젓이 잘 살고 있다.

남은 인생……. 남은 인생을 빼앗긴 사람에게는 관심이나 동정조차 없다. 난 그런 세상에 살고 있고, 그래서 12월은 더 고독하다. 두 번째 기일이 곧 다가온다. 이번 12월 20일은 평일이라 내 친구들이 주말을 이용해 추모공원을 찾았다. 잊지 않고 찾는 친구들이 고마워 눈물이 났다. 친척도 찾아주지 않는 어린 아들의 추모공원을……. 물론 동정을 바라진 않는다. 사건 자체가 사람을 고독하게 만든 것이고, 이런 고독함을 무시하는 세상이 나를 더 고독하게 만든다.

오늘은 슬프고 억울하고 황당해서 세상에서 가장 길었던 하루다. 나 같은 부모가 생기지 않도록 발악하듯 세상을 살고 있다.

"저 같은 일을 당한 사람을 보시면 불쌍히 여기지 말아 주십시오. 잘못된 세상에 대해 분노하고, 정의를 위해 힘을 보태주세요. 그것이 저 같은 사람이 고독해지지 않는 길입니다."

2014년

1. 세월호

안산 단원고 학생들을 포함해서 400여 명의 승객을 실은 세월호가 침몰했다. 그 배엔 학생들이 많이 타고 있었다. 수업하러 갈 때 모두 구조되었다는 소식을 들었는데 나와보니 아니었다.

가슴이 턱 막힌다. 아이고, 저 부모들은 어떡하나……. 나처럼 자식 잃은 고통을 겪어야 하다니. 그들이 겪을 힘듦이 느껴져서, 나처럼 불면의 시간을 보낼 것을 생각하니 잠이 오지 않는다. 내 지난 2년여의 시간이 떠오른다. 저들도 자식 잃은 고통을 느끼고 남들한테 잔인한 소리를 들을 것이다. 몇 날 며칠 잠을 이룰 수가 없다. 온통 사고 소식이고, 그냥 눈물이 흐르는 걸 멈출 수 없다.

저들도 우리처럼 하루에도 수십 번씩 미친 듯이 울고 웃다가 잠도 못 자고 먹지도 못할 것이다. 우리 큰아들처럼 힘든 학창 시절을 보낼 그 학교 학생들을 생각하면 가슴이 미어진다. 그것은 평생을 안고 살아가야 할 업보가 될지도 모른다.

내가 해줄 수 있는 건 그들을 위해 기도하고, 그들에게 열심히 병원 다니면서 치유하라고 비는 것밖에는 없다. 세상 사람들이 잠깐 걱정해주고 곧 잊어버리지는 말길 바란다. 그들의 고통과 앞으로의 삶을 계속 도와주고 격려해주기를. 시간이 조금 흐르면 우리는 못 잊어도 나머지 사람들은 다 잊어버릴 것이다. 피해자와 유가족분들은 마음 단단히 먹고 열심히 살아야 한다. 그것이 먼저 간 아이들을 위해 남은 자들이 해야 할 일이다.

억지로 잊으려고도, 잊지 않으려 노력하지도 말았으면 한다. 억지로 되는 일이 아니니까.

2. 대학원 원서를 내다

영남대학교 교육대학원에 합격했다.

뉴스가 터지면 사람들이 이렇다 저렇다 하면서 들끓는다. 그러다 시간이 지나면 잊었다가 다시 그런 일이 반복된다.

우리 승민이가 가고 나서 세상이 변할 거라고, 학교가 달라질 거라고 생각했다. 그러나 죽는 아이들이 계속 생겨난다.

세월호 사건으로 많은 학생이 떠났다. 유가족들의 마음을 나는 알 수 있다. 아이는 갔지만 다시는 이런 일이 없기를 바라는 마음일 것이다. 그래서 목소리를 높이는 것이다. 그 노력들이 헛되지 않기를 바란다.

3. 9월의 어느 날 문득

어젠가 대구에서 또 한 여학생이 자살했다고 한다. 뉴스에는 보도되지 않았다. '세상에서 가장 길었던 하루'를 지내고, 지금도 길고 긴 날들을 보내고 있다.

2015년

1. 봄 어느 날

1교시에 학교폭력 예방 교육을 한다고 한다. 당연히 해야 하는 일이다. 아이들이 폭력이 나쁘다는 것과 자신의 행동이 남에게 어떤 영향을 끼치는지 알아야 한다. 강사분이 방송실로 가셨다.

난 다음 시간 수업이 있어 준비하고 화장실에 갔다 오는데 어디서 익숙한 목소리가 들렸다. 교실 쪽 창문으로 화면을 봤는데 내가 거기 있었다. 우리 아들의 마지막 모습과 함께. 순간 학생들과 눈이 마주쳤고, 갑자기 분위기가 싸해졌다.

학생들은 내가 그 애 엄마인지 모르고 있었다. 굳이 숨기려 한 것은 아니지만 꼭 알릴 이유도 없었다. 전에 있던 학교에서는 아이나 부모들 모두 알면서도 모른 척해주셨다. 나를 배려하느라 아무 일 없는 것처럼 대해주셨다. 학교를 옮기면서 이곳 사람들은 자연스레 나를 알아보지 못하게 됐다.

내가 영상에 나오는 것을 본 학생들이 받을 충격이 걱정스러웠다. 학교폭력 예방 교육에 쓰라고 허락한 것은 나지만 우리 학교 학생들이 받을 충격은 미처 생각 못 했다. 내 잘못 같았다. 아무 일 없는 듯 복도를 지나 휴게실로 가던 중 갑자기 눈물이 났다. 몇몇 선생님이 교실에서 보시고는 달려오셔서 펑펑 울었다.

눈이 퉁퉁 부어서는 수업에 들어갔다. 교감 선생님께서 대신 수업하시겠노라며 가지 말라시는데 내 수업이라면서 갔다. 어차피 마주쳐야 할 상황인데 미루지 않는 게 나을 것이다. 학생들에게도 직접 설명하고.

그런데 학생들이 나보다 더 성숙했다. 아무 일 없다는 듯이 수업을 들었고, 마칠 때쯤 엄지를 치켜올려주면서 나를 격려하고 위로해줬다. 어리다고 모르는 것이 아니고, 어리다고 미숙한 것이 아니다. 행복하다, 우리 학생들이 있어서. 이 세상은 살 만한 곳이다.

2. 네 번째 추석

추석 명절에 시댁과 친정에 들른다. 승민이는 추석에 성묘를 가면 너무 신나면서 산에 올랐다. 식물과 곤충에 해박한 지식을 지녀 눈에 보이는 식물과 곤충들에 대해 설명해줬다. 그 조잘거림을 들으며 산에 올라가면 힘이 덜 들었고, 모든 식물과 곤충이 새로워 보였다.

이제는 산에 오르는 것이 힘들다. 사위가 너무 조용하다.

친정어머니께서는 늘 승민이한테 갈 때 꽃을 사가라며 돈을 주신다. 내가 돈을 벌고 있는데도 늘 주신다. "너 돈 없어서 주는 거 아니다. 할미의 도리를 다하는 거다. 그리고 매일 아침 승민이를 위해 기도하고 있다. 너는 니 자식 때문에 마음이 아프지만, 난 내 자식 때문에 아프다."

눈이 번쩍 뜨인다. 나 때문에 걱정하시느라 마음 아프신 엄마를 잊고 있었다. 저만 아픈 줄 알면서 4년이 지나도록 나 자신 속에서 헤어나오지 못하고 있었다.

_____

2017년

1. 봄을 맞는 소고小故

　시간이 지나면 아픔과 슬픔은 사라진다는 말은 거짓이다. 아픔은 여전히 가슴에 대못을 박은 듯 남아 있다. 잊히는 것이 덜 아프려면 그 사람들한테 진심 어린 사과를 받아야 할 것이다. 6년이라는 시간이 흘러도 지워지지 않는 것은 어쩔 수 없다.

　붕어빵 파는 포장마차를 지나가면 호호 불며 붕어빵을 머리부터 먹을까 꼬리부터 먹을까 고민했던 모습이 떠오르고, 붉은 철쭉이 필 때마다 "저건 피색을 닮았어요. 피색이에요"라고 말했던 아이의 목소리가 들리는 듯하다. 그러면 하늘을 한번 쳐다본다. 너는 거기서도 핏빛 철쭉을 보고 있을까 궁금해지고 그러면 우울해진다. 맛있게 먹던 모습이 그려지고, 통통한 손으로 주먹을 쥐며 말하는 모습이 지금도 생생하다. 길을 가다 닮은 아이를 보면 '헉' 하고 가슴이 막힌다. 기쁘면서 슬프다.

　세월이 약이라는 말은 거짓이다. 지금도 나는 미칠 것 같고, 죽을 것 같다. 편찮으셔서 "이제는 그만 가고 싶다"는 친정엄마의 말이 내가 하고 싶은 말이다.

　봄은 잔인한 계절이다. 따뜻하고 아름다운 꽃이 많이 피지만, 내게는 아들을 보내고 처음 맞은 계절이어서 그런 것 같다. 보고 싶다는 말도 못 하고, 힘들다는 말도 못 하면서 이 악물고 싸우며 버텼던 계절이라 더 그렇다.

2. 대통령이 탄핵되던 날

　아들이 둘이었다. 둘째는 딸처럼 곰살맞았다. 2011년 12월 학교폭력을 견디다 못해 싸늘한 주검으로 왔다. 겨우 열네 살인데 세상을 버렸다. 잠자는 듯이 편안한 얼굴이라서, 화장터에서 둘째 아들을 보내고 올려다본 하늘이 너무나 파래서, 추운 날씨에도 착한 우리 아들이 좋은 곳으로 갔을 거라는 안도감에 미소가 지어졌다. 그 이후는 지옥 같은 세월이라 다른 사람 장례식장에 잘 가지 못한다. 그래도 슬픈 사람들 위로는 잘 해준다는 게 삶의 역설이다.

아들의 유서를 공개하면서 많은 사람이 같이 슬퍼해주었다. 잘못한 놈을 벌하기 위해 법정 투쟁을 했고, 가해자에 대해 형사처벌과 민사소송에서 일부 이겼다. 그러나 민사소송에서 아이가 자살을 선택했기 때문에 우리 쪽 책임이 더 크다는 판결을 받아, 법의 정의가 무엇인지 의구심이 들었다.

대통령이 탄핵되었다. 잘못하면 누구라도 벌을 받는다는 정의가 이번에는 이겼기에 기쁘다. 그러나 그동안 우리 국민이 받은 고통과 분열은 누가 보상해줄지.

3. 둘째 담임

우연히 SNS에 친구 추천이 떴다. 누군가 봤더니 둘째의 담임이다. 기간제 교사를 하다가 아들 사건으로 사표를 쓰고는 다른 학교로 갔다. 난 아직도 예전 집 그대로 살면서 ○○중학교는 근처도 못 가는데, 둘째 담임이 다시 그 학교로 왔단다. 난 아직도 사과를 못 받았다, 가해 학생이나 담임에게. 먹고살아야겠지만 그래도 이건 아니다 싶다. 그도 자녀 둘을 낳아 살고 있던데, 우리 가족에게 미안한 마음은 없는지……. 참 기가 막혀 웃기는 세상이다.

4. 답답한 이야기

서울 ○○초등학교 사건, 천안 ○○초등학교 사건은 다 예견된 일이다. 사람들은 참 빨리도 잊고 산다. 학교폭력도 남의 이야기라 생각해서 그런지 축소하려는 학교와 교육청, 귀찮아하는 경찰, 보도도 안 하는 언론, 관심 없는 정치인들뿐이다.

승민이 사건으로 국회에 특위가 구성되었다. 감사하는 마음과 염려하는 마음으로, 애써달라는 의미에서 특위에 있는 모든 국회의원에게 메일을 보냈었다. 하지만 읽어보지도 않던 의원들이 있었다.■ 세월호 사건에는 청하지 않아도 열심히 하는 것을 보면서 '아, 거기는 표가 많구나' 싶었다. 학교폭력으로 사망하거나 학교를 떠나는 학생의 수는 세월호에 의해 희생된 학생들 수보다 더 많다. 정말 서민들에게 관심이나 있는 것인지 궁금하다.

■ 2012년 국회 차원에서 학교폭력 근절을 위해 특별위원회까지 꾸렸지만 아무 소득 없이 끝났다. 저자는 당시 "국회 특위가 생겼다고 해서 제가 메일을 보냈는데 특위위원 18명 중 2명에게만 답장을 받았다"고 인터뷰한 바 있다.

5. 9월의 어느 날 갑자기

지금도 용서할 수 없다. 가해자도, 가해자를 두둔했던 학교도. 교도소에서 나왔을 거고, 어딘가에서 살고 있겠지. 가해자를 두둔하며 사과 한마디 없던 담임은 지금도 그 학교에서 교사로 지내고 있다. 아직도 자신이 피해자라고 생각하는지…….

가해자가 어디선가 잘 살고 있을 걸 생각하면 분노가 치밀지만, 그들을 다시 보는 것도 나에게는 힘든 일이다. 정말 반성하고 열심히 살면서 잘못했다고 용서 구하는 것을 상상하지만, 입으로만 하는 사과는 나에게 더 큰 상처를 준다. 그래서 가해자들의 소식을 알고 싶지 않다. 우연히 알게 됐는데 지금도 반성하고 있지 않다면 너무 허탈할 것 같다.

피해자들이 원하는 것은 진정한 사과다. 진정한 사과란 받아들이는 사람이 인정하는 것이다. 사과하는데 안 받아준다는 건 핑계가 될 수 없다. 상처를 입은 사람이 받아들일 때까지 해야 하는 거다. 그에 대한 벌을 받고 책임도 지면서. 그래서 용서를 구하는 것도 때가 있는 법이다. 용서라는 단어가 내 가슴에 대못이 되어 박혔다. 시간이 흐르면 그 대못이 익숙해진다.

소년법이 처벌할 수 없다면 보호자가 대신 책임겨야 한다. 자녀를 잘못 키운 보호자의 잘못도 크다. 소년법을 고칠수 없으면 보호자의 책임을 강화해야 한다. 소년법으로 처벌받지 못하면 소송을 하지 않더라도 가해자의 보호자가 처벌을 받든 책임을 지든 해야 한다. 피해자는 있는데 처벌받는 이가 없는 것은 공정하지 못하다. 피해자는 평생 트라우마로 인해 고통받으며 살게 된다.

교사들이 잘 해야 한다. 조금만 관심을 기울이면 알 수 있다. 작은 사건이라도 은폐하거나 축소하면 안 되며, 피해자의 회복이 가장 중요하다. 모든 것을 피해자 중심으로 해결해야 한다. 가해자의 처벌보다 먼저 피해자의 입장에서 생각해야 하며, 피해자는 어디서나 잘 살 수 있도록 사회가 바뀌어야 한다. 피해자의 인권과 회복에 더 많은 관심과 노력을 기울인 뒤 가해자의 인권을 운운해도 된다. 무엇이 우선인지 생각해봐야 할 것이다. 우리와 같은 가족들이 더는 생기지 않아야 할 것이다.

2020년

1. 코로나 바이러스

대구는 죄인이 되었다. 코로나로 출근하기도 어렵고, 학교에서는 학생들에게 수업하기 위해 다양한 방법을 연구하고, 교사들은 그 방법을 배우고 실행했다. 새로운 기술들은 늘 어렵다.

마스크가 없어서 밖에 나가지 못한다. 인터넷에서 구매하려다 강제 거부도 당해보고, 사기도 당하면서 긴 줄을 서고 마스크를 사야 했다. 서울 사는 친구가 자기는 여유 있다며 마스크를 보내줬다. 그 마음씨가 예뻤다. 집에만 있는 분들 중 다른 사람 사라고 마스크를 일부러 사러 가지 않는 사람들이 있단다. 이런 세상도 살 만하구나.

코로나가 안정되면서 학생들이 등교하기 시작했다. 원격 수업과 현장 수업 병행이라 이중 부담이 됐지만 학생들을 보니 반갑다.

나도 마스크를 만들어 주변에 선물했다. 살 만한 세상임을 알려주고 싶다.

2. 대구 사람

대구는 이상한 도시다. 승민이 사건이 발생했을 때 사람들이 대구 욕을 많이 했다. 나도 이상하다고 생각했다. 내가 아들의 시신을 안고 소리 지르며 울고 있는데 아파트 단지에서 내다보는 집이 한 곳도 없었다. 이렇게 소리 지르는데 관심도 없이 어쩜 사람들이 이리 비정할까 싶었다. 그런데 며칠이 지나고부터 주민들이 음식을 가져다주기 시작했다. 먹어야 한다고. 나름의 배려와 관심이었다. 이웃들은 아는 척하면 내가 힘들어할까봐 그냥 모르는 척했다면서 나중에 이야기하며 울었다. 사람마다 배려의 방법이 다 다르구나 싶었다. 나중에라도 이야기해주는 것이 고마웠다. 진심이 전해졌기 때문이다. 그러다가 문득 가해자들이 생각난다. 그들은 우리에게 진심으로 사과를 했던가.

애가 죽어서 없는데 사과하러 온다고 해서 용서가 되는 것은 아니다. 먼저 사과하고, 진정으로 반성하면서 과정으로 보여주어야 한다. 그리고 자신에게 주어진 합당한 처벌을 받고 나서 다시 사과를 해야 한다. 그래야 진정성이 느껴진다. 가해자는 쉽게 잊을 수 있어도 피해자는 죽을 때까지 잊지 못한다. 그래서 사과도 때가 있는 것이다.

갑자기 그날이 떠오르면서 화가 났다. 가해자들은 지금 어디선가 살고 있겠지만 '잘 살아'서는 안 되고, '열심히 살고' 있어야 한다. 다시는 그러지 않겠다고 반성하면서. 그러면 용서가 될 거 같다. 열심히 살고 있다고 믿고 싶다.

2021년

1. 승민이가 다시 나온다

뉴스에 연일 학폭 미투가 나오고 있다. 그러면서 승민이의 유서가 다시 나온다. 그런데 CCTV 영상은 우리 승민이 모습이 아니다. 승민이가 죽고 얼마 뒤에 있었던 사건의 학생이다. 그 아이는 고등학생이었고, 그 아이의 아픈 사연이 사람들을 또다시 아프게 했다. 그런데 그 아이 영상이 승민이라고 잘못 퍼져, 그 아이의 가족이 보면 또 다른 상처가 될 것 같다. 뉴스 기사들이 사실 확인 없이 이렇게 나가니 화가 난다. 댓글을 달았다. 내가 승민이 엄마고, 그 영상 속 아이는 승민이가 아니라고.

2. 체육계와 연예계의 사건들

과거의 학교폭력 사건들이 다시 회자되고 있다. '학폭 미투'라고 하여 유명인의 과거 학교폭력을 폭로하는 것이다. 피해자들이 오랜 기간 숨죽이며 지내온 시간들을 보는 듯해 마음이 아프다. 거짓말이 있을 수 있겠지만 대부분은 사실일 거라 여겨진다. 익명에 기대어 그 당시의 아픈 이야기를 한다는 것은 거짓이라기보다 자신의 고통을 표현한 것이고, 사과를 받고 싶어서일 것이다. 잊고 살면 좋겠지만 방송에 자주 오르내리는 이름을 지나칠 수 없어 마음 아팠을 것이며, 이제는 더 힘들고 싶지 않아 그랬을 것이다.

나는 지금 승민이의 가해자들이 어떻게 살고 있는지 모른다. 그렇지만 만약 유명인이 되어 나타난다면 그들을 보는 게 힘들어서 숨도 못 쉴 것이다.

피해자를 위로하고 같이 분노해주는 이들이 있어 다행이다. 학교폭력은 성폭력과 비슷하다. 피해자가 자신의 피해를 입증해야 하고, 수치심을 느껴야 하며, 주변의 차가운 시선을 감수해야 한다. 이런 분위기에 누가 피해자라고 나설 수 있을까. 그런데 지금은 국민이 나서서 피해자를 위로하고 격려해준다. 그렇기에 용기 내서 과거에 아팠다고 이야기하는 것이다. 지금의 '학폭 미투'는 필연적인 흐름일 것이다. 아프다고 이야기하는 것은 피해 치유를 위한 시작일 것이다. 가해자는 진심으로 사과하고 주변 사람들은 위로하고 격려한다면 피해자의 상처는 조금씩 치유되어갈 것이다.

3. 고소 고발

'학폭 미투'에 대한 고소 고발이 신문에 보도되고 있다. 거짓 미투일 수도 있지만, 이 일을 바라보는 나는 힘들다. 자칫 '학폭 미투'를 하는 사람들을 거짓말쟁이나 시기 질투하는 사람으로 몰아붙일 수 있어서다. 잘못된 것은 바로 잡아야겠지만, 거짓으로 '학폭 미투'를 해서 얻는 게 무엇이 있겠는가? 결국은 학교 다닐 때의 일들이 해결되지 못해 지금 와서 곪은 상처가 하나둘 터져나오는 게 가슴 아프다. 피해자는 정신적, 육체적, 금전적으로 피해를 입었는데, 당사자인 가해자들은 처벌을 안 받거나, 받더라도 경미하게 받았다. 그리고 지금은 너무 잘되어 살고 있거나, 유명한 선수가 되었거나, 연예인으로 TV에 나온다면 이 얼마나 부조리한 세상인가. 저 익명의 아이들은 그동안 얼마나 마음고

생을 했을까 싶어 가슴이 저며온다. 시기 질투라는 이야기를 쉽사리 하지 않았으면 한다.

4. 인터뷰

2011년 아들의 사건을 취재하기 위해 몰려든 기자들에게 이렇게 말했다. "지금의 인터뷰로 끝내지 말고 10년, 20년, 30년 후 세상이 어떻게 변했는지 꼭 취재해주세요." 더는 학교폭력 희생자가 나오지 않아야 한다는 생각에 언론에 아들의 유서를 공개하기도 했다.

그러고는 10년이 흘렀다. 지금도 언론 인터뷰 요청이 오지만 꺼려진다. 다시 그때를 떠올리면서 상처를 헤집어야 하기 때문이다. 아픔은 덜해지고 잊히는 게 아니라 지속적으로 견디면서 익숙해질 뿐이다.

내 생활에는 늘 승민이가 있다. 출근하는 길에도 방 안의 승민이 사진을 한번 쳐다보면서 "엄마 갔다 올게" 인사하고, 아직도 아들이 다닌 학교 교복을 보면 승민이 오는가 싶어서 한 번 더 쳐다본다. 승민이 닮은 아이만 지나가도 가슴이 내려앉는다. 다시는 떠올리고 싶지 않다는 생각도 있지만 그래도 마음을 다잡는다. 나에겐 아픈 일이지만 잊으면 안 되는 일이라서 인터뷰에 응한다. 끊임없이 관심을 갖고 얘기하면 폭력이 조금이라도 사라질 거라 믿고 싶어서다.

5. 피해자의 회복

학교폭력 사건에서 가장 '기본'은 피해자의 회복이어야 한다고 생각한다. 그런데 회복에 이르기까지 시간이 무척 오래 걸리니 끊임없이 기다리고 살펴줘야 한다. 반면 학교나 교육부에서는 빨리 해결하려 한다. 폭력 사안이 생기면 2~3주 안에 조사해 교육지원청에 넘긴다. 피해자는 마음을 추스르지도 못했는데 행정적인 절차가 시작되고 곧 마무리되는 것이다.

피해자들의 치유가 제때 이뤄졌다면 폭로도 잇따르지 않았을 것이다. 지금의 현상은 일종의 성장통 아닐까. 피해자의 마음을 살피는 방향으로 나아갔으면 좋겠다.

아주 어릴 때부터 '나의 어떤 행동 때문에 저 아이가 힘들구나' 하는 것을 가해자, 방관자 모두가 인식하도록 오랫동안 힘을 기울여야 할 것이다. 그렇게 한 걸음씩 나아가는 것이리라.

"미안해. 엄마는 네가 그렇게 아픈 줄 몰랐어. 그래도 너로 인해 세상이 조금 나은 방향으로 나아간다고 믿고 있어. 엄마가 갈 때는 '이렇게 많이 변했어'라고 웃으면서 얘기하고 싶어. 거기서는 아프지 마."

6. 다시 봄

출근길에 벚꽃이 춤을 춘다.

바람에 따라 일렁거리더니 눈처럼 날린다.

다시 봄이다.

추운 겨울이 지나면 봄이 오고 꽃이 피듯 우리 인생도 그럴 것이다.

에필로그

나는 자식을 잃으면서 피해자의 가족으로 사는 것이 얼마나 힘든 일인지를 겪었다. 먼저 내 아이를 지키지 못했다는 죄책감에 시달렸고, 세상을 시끄럽게 했다는 곱지 않은 시선을 받았으며, 누가 뭐라 하지 않아도 스스로 위축되어 지냈다. 그런데 왜 피해자의 가족인 우리가 이런 이차적인 피해를 입어야 하는지 의문이 생겼다. 시간이 지나면 잊힌다는 주변의 말은 사실이 아니었고, 사건을 명확히 하지 않으면 절대로 잊히지도 않고 억울한 감정만 커져 적극적으로 대처하게 되었다. 피해 당사자가 되면 누구나 해당 사건에 대해서 더 예민해지기 마련이다. 따라서 감정적으로 대응하여 균형을 잃고 사건에 휘둘릴 수 있다. 하지만 자신의 일이 아닌데도 많은 사람이 분개하고, 우리 가족을 지지해주는 모습을 보면서 힘을 얻었고 점차 회복해갈 수 있었다.

고등학교에 다니던 첫째는 둘째의 사고 후 힘들어했지만 학교에서 담임 선생님과 친구들의 도움으로 무사히 고등학교를 마치고 대학에 진학했다. 아침마다 친구들이 집 앞으로 와서 기다리며 학교에 같이 등교했고, 준비물이나 과제 등도 챙겨주며 기분이나 상태를 파악해 담임 선생님께 보고했다고 한다. 그게 큰아이에게 힘이 돼주었다고 한다. 큰애는 자주 두통을 호소하며 보건실에 들렀는데, 그때마다 보건 선생님의 보살핌을 받았고, 교감 선생님께서도 종종 불러 이야기를 나누셨다고 한다.

이 기록의 첫머리는 가해자들과 사과 한번 없었던 둘째의 담임 이야기로 열었지만, 마지막은 따뜻한 마음씨를 지닌 이들로 닫을 수 있어 다행이다.

장애가족 혐오와 소외의 기억

가정폭력과 학교폭력에서 살아남은 생

조희정 사회복지사

나에겐 큰 교통사고를 당한 것과 같은 트라우마가 있고 예상치 못한 순간에 문득 그 끔찍한 기억의 조각이 스쳐 지나가곤 한다. 나는 학교폭력과 가정폭력을 함께 겪었기에 내 주변 어른들이 방임과 학대를 저질렀던 것을 기억한다. 어린 시절 TV 속 화면으로 마주하는 누군가의 평범한 이야기는 손에 잡히지 않는 꿈이나 바람일 뿐이었다. 그때 세상은 가족과 학교가 전부였는데 그 속의 사람들은 내가 무엇을 잘못했는지, 무엇을 할 수 있는지를 알려주지 않았기에 타인의 폭력 앞에서 어린아이가 대항할 수 있는 것은 없었다. 낮은 자존감과 무기력함이 내 뒤를 항상 바짝 쫓아 붙었고, 모든 곳에서 환영받지 못하는 삶이 반복될수록 나는 자신을 사물 보듯, 한 명의 낯선 사람을 보듯 했다. 이제는 어린이답게, 청소년답게 살지 못했던 과거의 나를 조금 연민 어린 시선으로 바라보며, 이 사회가 어른들에 의해 바로잡히기를 바라는 마음에서 묵은 과거를 헤집어본다.

가정폭력 그리고 학교폭력

회사원 아빠와 가정주부 엄마, 오빠 그리고 나. 4인 가족 속의 나는 남들이 보기에 지극히 평범한 집안의 여자애였다. 하지만 나의 어린 시절 기억은 엄마의 가정폭력으로 얼룩져 있다. 집이 아닌 학교를 안식처로 여길 만큼 학교 가길 좋아했던 내게 갑작스레 시작된 초등학교 고학년 때의 학교폭력은 세상이 무너지는 듯한 느낌을 안겨주었다.

그 당시 나는 준비물도 제대로 챙겨가지 못했고, 놀림감이 될 빨간 양말을 매일같이 학교에 신고 갔으며, 촌스럽거나 몸에 맞지 않게 작아진 옷을 입어야 했다. 친구들의 조롱 때문에 입기 싫었지만 알코올 의존증을 앓고 있는 엄마의 폭력으로 나는 지시하는 대로 따라야만 했다. 연년생인 오빠는 지적장애 3급(2019년 7월 장애 등급제가 폐지된 후 '심한 장애'와 '심하지 않은 장애'로 나뉜다)으로 보호자가 필요했지만, 아빠는 아침 일찍 출근해 밤늦게 퇴근했던 터라 피곤하다며 무관심했다. 그리고 엄마는…… 매일 술을 마시며 우리에겐 관심을 쏟지 않았기에 장애인 오빠의 보호자 역할은 같은 초등학교, 중학교를 다닌 내 몫이 되어 있었다.

그 시절 나는 가정폭력을 겪었기에 엄마의 폭력이 드리우지 않은 학교에 가는 것을 좋아했다. 하지만 초등학교 고학년이 되면서 내 이름 대신 '레드삭스' '대근이 동생'으로 불리며 신체적·언어적 폭력을 당했고, 내 쉴 곳인 학교마저 박탈당했다. 어린 내게 세상의 대부분이었던 집과 학교에서 하루가 멀다 하고 반복된 폭력은 지옥 같은 나날을 안겨줬다.

연년생이었던 오빠는 수업 시간에 수시로 교실을 이탈하며 학교에 적응하지 못하는 모습을 보였다. 그 때문에 나는 오빠 담임 선생님에게 때마다 불려가 오빠와 관련된 안내사항을 받아 부모님에게 전달해야 했으며, 오빠와 같은 학년인 선배들에게도 눈도장이 찍혀 "대근이 동생"으로 놀림받기 일쑤였다. 옷을 못 입어서, 집이 거지 같아서, 준비물을 못 챙겨서, 오빠한테 장애가 있어서 학교에서는 나를 조롱거리로 삼았고, 아이들은 나와 짝꿍이나 조원이 되는 것을 꺼렸다. 장난감처럼 괴롭혀도 되는 아이로 낙인찍혔고, 담임 선생님조차 내가 참아주길, 문제 삼지 않아주길 바랐다.

담임의 태도가 무신경할수록 아이들의 폭력은 더 심해졌다. 선생님이 없던 시간에 주로 행해진 괴롭힘은 어느새 수업 시간에도 그칠 줄 몰라, 야유를 보내거나 선생님의 눈을 피해 교묘히 옷을 더럽히거나 의자에 압정과 본드를 놓는 행동으로 나아갔다. 선생님이 한 조치는 시끄럽게 굴지 말라며 교탁을 두드리는 행동이 전부였다. 옷이나 몸에 남은 학교폭력의 흔적은 집에 돌아가면 엄마의 가정폭력 사유가 되어 집 안팎이 모두 내게는 아프고 환영받지 못하는 공간이었다.

때로 TV에서 내 얘기와 닮은 왕따 피해자의 자살 뉴스를 보면 죽을 용기를 냈던 피해자들을 갈망하고 부러워했다. 내가 당한 폭력에서 가해자의 잘잘못을 이야기하는 사람은 없었고, 폭력의 이유는 단지 내 환경과 행동, 혹은 내 존재 자체였기에 가해자들의 웃음거리가 되거나 화풀이 대상이 되어도 나는 죽은 듯이 참고 버텨야 했다. 모든 폭력은 단지 '내가 살아 있다'는 이유로 벌어졌던 터라 뾰족한 방법이 없었다. 죽을 만큼 힘들다고 겨우 소리 내어 말하던 내게 "넌 안 죽었잖아. 죽어야 알지"라며 같은 반 아이들은 조롱했다. 내가 죽지 않기에 가해자들의 물리적·언어적 폭력이 정당화되는 듯해 나는 죽지 않고 살아 있는 나 자신이 원망스러웠지만, 자살 시도를 했다가 실패해 평생 불구가 되면 쓸모없는 사람이 될 텐데 어쩌나 하는 두려움 때문에 죽을 용기도 내지 못했다.

오빠를 돌봐야 하는 동생

어린 시절 오빠와 함께 초등학교, 중학교를 다녔지만, 오빠가 늘 어린아이 같은 모습이었기에 지적장애 3급이 무엇인지 잘 이해되지 않았다. 오빠는 구구단 테이프와 문방구 오락기를 좋아했고, 지하철 노선과 숫자 외우는 것을 아주 잘했다. 친구들과 어울리기보다는 혼자 지내는 것을 좋아하는 사람이었다. 학년이 올라갈수록 오빠는 또래들보다 학습 능력이 점점 뒤처졌고, 수업 시간에도 복도를 돌아다니며 학교생활에 관심과 흥미를 전혀 느끼지 못하는 듯 보였다. 그러나 그 외에는 또래 친구들과 다른 점을 별로 느끼지 못했다. 중학교 때는 도움반에 배정받아 공부도 안정적으로 따라갔기에 난 오빠가 조금 느릴 뿐이라고 여겼는데 남들이 보기엔 달랐던 것 같다. 주변 어른들은 오빠보다 한 살 어린 내게 늘 오빠를 잘 돌봐야 한다고 당부했다. 나는 친구들과 놀이터에서 뛰어노는 것이 더 좋았지만 오빠가 어딘가 다치거나 울면서 집에 들어오는 날에는 잘 챙기지 못했다는 이유로 내가 혼나야 했다. 나는 잘못하지 않은 일로 꾸중 듣거나 맞는 게 싫었고, 단지 오빠 동생이라는 이유로 내 친구들이나 오빠 반 친구들이 나를 놀리고 괴롭히는 게 창피했다. 차라리 고아라면 가족을 원망하는 이런 비극적인 일은 일어나지 않을 텐데라는 생각이 머릿속에 자주 떠올랐다가 가라앉곤 했다.

장애인의 형제로 살아왔기에 어린 시절 나는 주변 어른들로부터 '착한 동생'이라는 소리를 자주 들었다. 하지만 나는 착하지 않았다. 오빠 때문에 학교폭력을 당했고, 오빠를 챙기지 못해서 가정폭력을 당했기에 오빠를 원망하고 미워한 날들이 더 많았다. 그 시절 나는 가해자들이 나쁘다고 생각하기보다는, 오빠한테 장애가 없었다면 폭력의 횟수나 명분이 줄어들지 않을까 하는 생각을 더 자주 했다.

초등학교 5학년 어느 날, 오빠 담임 선생님 호출로 교실 앞에서 기다리던 중 오빠가 친구들에게 단소로 맞는 모습을 보았다. 순간 나는 '뭐하는 짓이냐'며 오빠 반 아이들에게 소리쳤다. 오빠는 괴롭힘당하는 모습을 나한테 들킨 게 창피했던지 더 큰 소리로 '아! 하지 말랬잖아'라고 소리친 뒤 교실을 나가버렸다. 잠시 후 한 남자아이가 내 앞으로 다가와 왔다갔다하더니 손을 뻗어 내 신체 부위를 만졌다. 나는 그 남자아이로부터 피하려고 몸을 움츠렸는데, 오히려 그 애 손이 내 몸에 여러 번 닿게 되었다. 내가 눈물을 터뜨리자 그 애는 "미안. 일부러 그런 거 아니고 내기야,

내기. 장난인 거 알지?"라고 말한 뒤 교실로 들어가 어떤 애한테 "야, 봤지? 두 번 닿았다. 1000원 내놔"라고 의기양양하게 말했다. 그러자 "병신아! 가슴은 100원, 밑에는 500원이니까 600원이잖아"라면서 서로 떠들기 바빴다. 복도 벽에 서서 우는데 오빠 담임 선생님이 오셔서 왜 우느냐고 물으셨지만 나는 아무 말도 하지 못했다. 선생님은 누가 괴롭혔냐고 물으시면서, 앞으로는 오빠 반으로 오지 않아도 된다고 말씀해주셨다. 그 뒤로 나는 그 교실로 불려가지 않았지만, 우연히 남자아이들 무리를 마주치거나 "대근이 동생"이라는 야유를 받을 때 나도 모르게 심장이 쿵쿵 뛰고 눈물이 날 것만 같았다.

더 큰 가해자, 선생님

초등학교 6학년 시절 교통사고로 일주일간 병원에 입원했던 일이 있었다. 지옥 같은 일상의 반복으로부터 떨어져 나온 그 시간이 나는 참 좋았다. 그때 담임 선생님은 우리 부모님께 연락해 자신은 바빠서 병문안을 못 가게 됐다며 대신 같은 반 학생 한 명이 갈 거라고 말했다. 병문안 온 친구와 병원생활에 대해 웃으며 이야기하고 퇴원한 뒤 학교로 돌아간 날이었다. 반 친구들은 내가 아프지도 않은데 돈 받으려고, 거지이기 때문에 거짓 입원한 거라고 비난하는 말들을 수군거렸다. 여느 날처럼 아무 말도 못 한 채 묵묵히 있다가 그날 집에 와서 일기장에 친구들이 했던 말이 속상하다며 적었다. 이튿날 학교에서 일기 검사를 하던 중 선생님은 나를 교탁 앞으로 불러 세우더니 갑자기 화를 내기 시작했다. 이유는 "엄마한테 선생님이 병문안을 못 갈 것 같다고 전화했더니 엄마가 '선생님이 병문안도 안 오고 우리를 무시하는 거냐'고 말하더라"는 것이었다. 이에 선생님은 화가 났는데, 거기다 내가 일기장에 속상했다는 말까지 적자 분노가 솟은 듯했다. 선생님은 나를 아이들 앞에 세우더니 "야, 너 돈 때문에 입원한 거 아니야? 잘 떠들고 웃고 걸어다녔다면서? 내 말이 틀렸어?"라며 큰소리로 비난했다. 반 친구들은 수군대며 웃었고, 그 일을 계기로 친구들은 나에게 더 노골적인 폭력을 가하기 시작했다.

당시 반 친구들끼리 생일 파티를 할 때는 생일 맞은 아이가 초코파이 한 박스를 사오는 게 원칙이었다. 나는 종종 준비물을 제대로 챙겨가지 못했는데, 이를 알고 있던 선생님은 나를 자리에서 일으켜 세운 뒤 "희정아, 초코파이 잊지 말고 꼭 챙겨와. 너가 안 사오면 못 먹는 애들 생기니까 책임지고 사와야 된다"라고 당부하셨다. 이번만큼은 부모님께 초코파이 한 상자를 사야 한다며 몇 날 며칠을 혼이 나면서도 계속 매달렸다. 하지만 토요일 생일 파티 당일까지 엄마는 혼내기만 하면서 초코파이를 사주지 않았다. 울며 불며 꼭 사가야 한다고 애원했지만 엄마는 매를 든 채 "학교에서 왜 간식을 사오라고 해?"라며 화를 냈고, 나는 빈손으로 학교에 가게 되었다.

'개근상'을 받아야 한다는 명목하에 학교폭력에도 불구하고 빠짐없이 등교하던 나는 이날만큼은 교문에 쉽게 발을 들여놓을 수 없었다. 학교 앞 빌라 계단에 몸을 숨긴 채 사지 못한 초코파이로 인해 받을 비난과 나 때문에 간식을 먹지 못하는 친구들이 생긴다는 죄책감에 한참을 엉엉 울었다. 그때 어느 집에서 아주머니가 놀라며 나오더니 나를 달래서 학교에 보냈고, 결국 빈손으로 학교에 가 덤덤하게 선생님과 친구들의 비난을 들어야 했다. 그날 선생님이 대신 초코파이를 사와서 다 같이 나눠 먹었지만 나는 내 몫으로 받은 초코파이를 만지작거리기만 한 채 봉지도 뜯지 못했다. 10월, 11월, 12월에 생일을 맞은 아이들이 자리에서 일어나 칠판 앞으로 나가 축하를 받을 때도 선생님은 "초코파이를 사오지 못한 한 친구 때문에 다 같이 못 먹을 뻔했지만, 그래도 생일이니까 축하해주자"라며 다시 한번 낙인을 찍으셨고, 곧 아이들의 수근거림이 들리자 내 눈에서는 눈물이 주르륵 흘러내렸다.

학교폭력 가해자들의 사소한 말장난들은 어느새 내 물건을 훼손하거나 내 학교생활 전반에 대한 비난과 야유로 강도를 더해갔는데, 이때 담임 선생님은 교탁을 두드리며 그 순간만 나무랄 뿐 학교 전체는 폭력을 용인하는 분위기였다. 그래서인지 수업 시간에마저 폭력으로부터 자유롭지 못했다. 발표를 할 때도 야유가 쏟아졌고, 포스트잇에 욕설을 적어 등 뒤에 붙이거나, 물감과 먹물을 옷에 몰래 묻히는 일이 잦아졌다. 조원을 뽑을 일이 생기면 나는 기피 대상이 되어 아이들은 선생님한테 "쟤랑 같이 하기 싫어요"라는 말을 서슴없이 했다. 선생님도 내가 소외되고 있다는 사실을 인지했지만 그 어떤 조치도 취하려 하지 않았다.

어른이 되어서야 내 과거를 털어놓을 수 있게 됐는데, 그때마다 나는 똑같은 반응들을 접했다. "그때 왜 선생님이나 부모님한테 도움을 청하지 않았어?" 내가 가까이서 본 가해자들은 소위 말하는 불량한 아이들과는 거리가 멀었다. 여느 아이들처럼 취미와 관심사가 다양했고, 선생님한테 잘 보이고 싶어했으며, 그중에는 공부를 아주 잘하는 친구들도 있었다. 예쁨 받는 아이들이 나한테만 가하는 폭력은 소수자인 내게 문제가 있는 것처럼 보이게 만들었고, 이에 피해 사실을 알고 있던 선생님 또한 엄하게 다루려 하지 않았다. 그냥 앞에서 불편한 행동이 보이면 이를 멈추도록 할 뿐, 내게 가해진 신체적·언어적 폭력이 잘못된 행동이라고 지적하지는 않았다. 왕따는 반에서 단 한 사람에게만 행해지는 것이었기에 소수자였던 나만 조용히 참아주면 아무 일 없는 듯 흘러갔고 그러면 교실은 조용하고 평화로웠다.

사실 나는 일기장에 가정에서의 일과 학교생활을 솔직히 적어서 냈는데, 이에 대해 선생님은 별말 없이 '참 잘했어요' 도장만 찍어주었다. 과연 그는 내가 당하는 학교폭력과 가정폭력을 몰랐을까? 어른이라는 위치에서 행해지던 선생님의 침묵은 같은 학년 친구들이 가하는 폭력에 대한 '동의'로 받아들여졌던 터라 폭력은 더 노골적이 되어갔고, 결국 나는 선생님이 가해자와 별로 다르지 않은 사람이라고 여기게 되었다.

　　　　4장 장애 가족 혐오와 꼬리표 그리고 소외의 기억

오빠한테 내가 힘이 될 수 없었던 기억

부지런하던 오빠는 방학 때면 아침 일찍부터 문방구 앞에 있는 오락기를 하러 나갔다. 오빠는 친구들과 함께 노는 것보다 혼자 돌아다니거나 오락하는 것을 좋아했다. 부모님은 오빠를 따라다니며 챙기라고 하셨지만 나는 뛰어노는 것을 더 좋아했기에 문방구 앞에서 "오빠, 나 놀이터에 있을 테니까 여기서 놀고 있어"라고 말하고는 놀이터에 가기 바빴고, 돌아와 오빠가 없으면 울면서 찾다가 집에 들어가 엄마한테 혼나는 일도 잦았다. 밖에서 혼자 놀다가 집에 들어오는 날이면 오빠 팔에는 가끔 빨간 자국이 나 있거나 등쪽에 손바닥 자국이 남아 있었다. 무관심했던 아빠와 술에 취해 있던 엄마 대신 한 살 어린 내가 오빠한테 "누가 그랬어? 어디서 그런 거야?"라며 다그쳐 물었지만 오빠는 입을 열지 않았다.

어느 날은 오빠가 바지와 팬티까지 너덜너덜하게 찢긴 채 집에 들어왔고, 몸은 온통 손톱에 긁힌 자국과 피범벅이었다. 여느 때처럼 오빠는 누가 그랬는지 말하지 않고 그냥 혼자 놀다가 넘어졌다고 말했다. 엄마도 이번만큼은 오빠에게 화내며 누구 짓인지 캐물었지만 오빠는 입을 굳게 다물었다. 엄마는 이내 포기하고는 오빠한테 씻으라고 한 뒤 술을 마시러 나갔다. 나는 오빠의 그런 모습을 보고는 커다란 충격을 받았다. 내심 오빠가 말하지 않는 이유에 공감하면서도 오빠의 몰골에 무척 화가 났다. 배, 허벅지 안쪽과 음부는 손톱으로 수십 번, 아니 수백 번 피가 날 정도록 긁혀 있었고, 상체에는 두들겨 맞은 자국이 벌겋게 남아 있었다. 그때 나는 초등학교 5학년이었지만 경찰 아저씨들한테 신고해야 된다며, 버티는 오빠를 끌고 집을 나섰다. 파출소로 걸어가면서 오빠한테 누가 이런 짓을 했냐며 화내고 다그쳐도 봤지만 오빠는 우물쭈물했다. 내가 더 크게 화를 내자 오빠는 "다른 사람한테 말하면 죽여버린대. 너한테도 똑같이 한다고 했어"라고 말한 뒤 다시 입을 다물었다. "그 나쁜 짓 한 놈 경찰에 신고해서 벌 받게 해줄게. 경찰 아저씨들이 도와줄 거야. 경찰서 가면 말해야 돼." 이렇게 오빠를 설득하면서 파출소에 도착했다.

책상 앞에서 까치발을 하고 나는 경찰 아저씨들한테 "오빠가 폭행을 당했는데, 엄마는 술 먹으러 가버려서 범인을 잡아주지 않으니 아저씨들이 도와주세요"라고 말했다. 경찰들은 오빠한테 몇 마디 질문을 던지더니 잠시 후 내게 따로 이야기하자며 파출소 입구로 불러 세웠다. "오빠한테 장애가 있잖아. 그래서 사실을 얘기해도 신빙성이 없어서 나쁜 사람을 벌줄 수가 없어. 증인이나 CCTV가 있다면 모를까. 그냥 엄마 아빠한테 말하고 병원 가서 잘 치료받은 뒤집에서 쉬는 게 좋을 거 같은데." 범인을 잡고 벌을 주는 게경찰이라고 생각했던 나는 이를 쉽게 받아들이지 못한 채오빠 몸에 상처가 있다며 범인을 잡아달라고 매달려봤지만,경찰들은 증거나 증인을 확보해오면 도와주겠다고 했다. 눈물범벅이 된 채 파출소를 나와 분한 마음에 오빠의 등짝을내려치며 "어디서 맞았어? 누가 그런 거야?"라고 추궁했다.

　오빠는 가해자가 누군지 말하지 않았지만 경찰서에서 집으로 가던 길에 있는 부도난 커다란 건물 지하 주차장에서맞았다고 말했다. 눈물을 닦아내며 재빨리 건물 주차장으로 가서 주변을 살폈다. CCTV가 보이길래 건물 이곳저곳을 찾아 잠긴 문을 두드리면서 누구 없냐고 소리쳤다. 다행히 건물을 지키던 아저씨 한 분이 나오셨다. 내가 자초지종을 설명하면서 CCTV 영상이 필요하다고 도와달라며 몇 차례나 허리 숙여 부탁드렸지만, 아저씨는 건물이 부도나서CCTV 기기가 작동되지 않는다며 우는 나를 달래주는 것밖에 할 수 없었다. 분명 오빠는 피해 사실을 기억하는 데다 가해자가 누군지도 아는데 그 가해자를 벌해줄 어른이 없다는 사실이 마음 아팠고, 내가 나쁜 놈 혼내도록 해주겠다고 큰소리쳤음에도 아무것도 할 수 없어 나 자신이 너무 미웠다.

이내 눈물을 닦고 주머니에 있던 동전 몇 개를 꺼내 오빠한테 문방구에 가자고 했다. 오빠가 좋아하는 오락을 몇 판 할 수 있는 돈이었기에 오빠는 집 앞 문방구로 앞장서서 걸어갔다. 문방구 기계 앞에 앉아 열심히 게임하던 오빠에게 어느덧 100원짜리 동전 한 개만 남았고 신중하게 무슨 오락기를 할지 고민하던 중 내 쪽을 보더니 안절부절못하면서 갑자기 집에 가자고 했다. 오빠가 불안해하는 모습에 오빠의 시선이 향한 곳을 바라보니 오빠 또래의 남자아이가 있었다. 오빠를 때린 사람일 거라는 확신에 다짜고짜 "너지? 우리 오빠 때린 사람 너지?"라며 소리쳤다. 그러자 가해자는 나한테 "대근이 동생"이라며 놀리는 말투를 쓰더니 오빠 앞으로 다가와 어깨동무를 하고 "대근, 돈 없다며 게임할 돈은 있었냐?"라면서 조롱의 말을 건넸다. 심장이 미친 듯이 뛰고 온몸이 벌벌 떨리며 눈물이 났지만 내가 여기서 아무 말도 하지 못하면 오빠 역시 나처럼 '도와줄 사람은 아무도 없다'고 단정지어버릴 것 같았다. 그렇기에 나는 가해자한테 맞는 한이 있더라도 뭐라도 해야 했다. "니가 오빠 때렸지? 때리지 마. 가만 안 둬"라고 우선 내질렀더니 가해자는 "나 대근이랑 친군데? 야, 대근아 말해봐, 우리 친구라고. 어? 대답 안 해? 너 또 엉덩이로 나무젓가락 부러뜨리기 할래? 너 세 개는 부숴봤잖아. 친구라고 안 하면 열 개 부러뜨리기 한다?"라면서 웃어졌다. 그때 오빠가 작은 목소리로 "친구야"라며 대답하는데, 그 모습이 너무 비참했다. 하지만 내가 할 수 있는 일이 없어 무작정 가해자의 옷덜미를 잡고 울면서 경찰서에 가자고 했다. 머릿속에 떠오르는 대로 "나쁜 짓 한 사람은 경찰서에서 콩밥 먹일 거야"라는 말을 내뱉으면서. 가해자는 잡힌 옷덜미를 떼어내려고 내 팔을 때리며 화를 냈지만 나는 놓지 않았고, 그러자 가해자는 "갈 거니까 좀 놔. 놓으라고!" 하면서 소리쳤다. 나는 다음번에 또 오빠를 때리면 당장 경찰에 신고할 거라고 말한 뒤 옷덜미를 놓아주었다. 가해자는 "대근아, 나중에 보자"라는 말을 하고는 다른 곳으로 가버렸다.

온몸이 떨리며 주저앉고 싶었지만 오빠 앞에서 약해 보이고 싶지 않아 꾹 참고 집으로 향했다. "오빠, 누군지 알았으니까 다음번에는 꼭 경찰서에 데려가서 혼내주자. 내가 절대 가만 안 둘 거야." 도움을 줄 어른이 단 한 명도 곁에 없다는 사실을 다시 한번 떠올리면서 우리는 걸었다.

살아남을 수 있었던 이유

뉴스에서 학교폭력에 대한 이야기를 접할 때면 비극적인 선택을 한 피해자들의 이야기가 주를 이룬다. 뉴스 진행자들은 가해자의 태도를 비난하고 피해자의 피해 사실을 나열하며 학교폭력에 대한 예방과 대책이 필요하다고 강조한다. 학창 시절이나 그 이후에도 이런 뉴스를 보면 또다시 '나는 왜 살아 있는가?'라는 의문을 던졌고, 내가 죽는 것만이 가해자를 벌줄 수 있는 유일한 방법 같아 죽음을 몹시 갈망했었다.

하지만 반복되는 학교폭력과 가정폭력 속에서 죽음을 바라던 내가 살아남은 것은 오빠 때문이었다. 오빠가 밉고 원망스러웠지만 장애가 있는 오빠를 그 어떤 어른도 지켜주려 하지 않았기에 나라도 지켜야 한다는 그럴싸한 핑계로 죽음이란 선택지를 피할 수 있었다.

오빠는 성인이 되어서도 청소년이나 주변 어른들에게 돈을 뜯기거나 폭언을 듣는 등 끝나지 않는 폭력에 직면해야 했다. 나 또한 20대 어른이 되어서도 끊이지 않는 엄마의 폭력을 받아내고 있었다. 폭력의 후유증으로 우울증과 수면장애를 앓았고, 왕따를 당한 사실을 숨기거나 과거를 지우려 발버둥 쳐야 했지만, 그럼에도 어른이 되었기에 이제는 폭력을 피할 수 있다는 것을 다행으로 여겼다. 살기 위해서는 일해야 했고, 새로운 사람들과 관계도 맺어야 했기에 어떻게든 주어진 현실에 적응하려 했는데, 이때 나를 응원하고 이끌어주는 친구들로 인해 고비의 순간들을 무사히 넘길 수 있었다.

오빠는 여전히 타인의 폭력 사실을 숨기기만 했던 터라 그런 오빠를 지키기 위해 나는 사회복지 공부를 해야겠다고 마음먹고 스물네 살에 대학에 들어갔다. 내가 사회복지사가 된 후부터 오빠는 내게 '장애인이랑 비장애인은 결혼 못 해?' '장애인은 나쁜 사람이야?' '나쁜 놈들은 어떻게 혼내줘야 해? 덩치가 엄청 크면? 빠르게 도망갈 수 있는 방법이 있어?' '비장애인도 장애인이 될 수 있다던데 맞는 말이야?' 같은 질문을 자주 했다. 속마음을 털어놓는 오빠가 나에게 의지하려는 듯해 마음이 놓였지만, 다른 한편으로는 타인의 폭력 앞에서 도움을 요청하기보다는 도망치는 방법을 찾는 오빠에게 더 큰 힘이 되고 싶어 굳세게 잘 살아보자는 마음을 단단히 먹게 되었다. 대근이 동생이어서 싫었지만, 그래도 대근이 동생이어서 나는 다행히 살아남을 수 있었다.

성인이 되어서도 끝나지 않은 폭력

오락기를 좋아하던 오빠는 어른이 되어서는 컴퓨터 게임을 즐겼고, 엄마의 폭력을 피해 PC방에서 시간을 보내는 날이 많아졌다. 오빠는 늘 어떤 사건이나 상황에 대해 말하려하지 않았기에 나와 다른 고등학교에 입학한 후로는 학교나 바깥에서 오빠가 겪는 일들을 자세히 알 수 없었다. 그 시절 엄마의 폭력은 점점 더 심해져 신체 부위의 상처로는 밖에서 맞은 것인지, 엄마한테 맞은 것인지 구별하기가 어려워졌다. 오빠에게 안부를 물으면 늘 '괜찮다'는 대답만 돌아왔기에 나는 마음을 놓고 있었다.

그러던 어느 날, 여느 때처럼 PC방에 오빠를 찾으러 갔는데 키보드 옆에 담뱃갑이 놓여 있어 오빠한테 담배를 피우느냐고 물었다. 이에 오빠는 급하게 담뱃갑을 주머니에 넣더니 빠른 걸음으로 먼저 집을 향해 갔고, 나는 뛰어가 오빠를 붙잡고는 다시 물었다. "오빠 담배 피워? 성인이 담배 피우는 건 잘못된 일이 아니니까 대답 좀 해봐"라면서 몇 번이나 물었다. 그러자 오빠는 "아니, 난 이제 성인인데 자꾸 교복 입은 어린애들이 '야!'라고 하면서 돈 뺏고 부르잖아. 애들이 내가 성인인 줄 모르나봐"라면서 빈 담뱃갑을 내

보였다. 오빠는 빈 담뱃갑으로라도 자신이 성인임을 알리고 싶었고, 그러면 어린애들이 해코지를 하지 않을 거라고 생각했다. 단지 남들처럼 좋아하는 걸 하고 자유롭게 돌아다녔을 뿐인데, 오빠의 앳된 외모 때문인지 어린 친구들에게 여전히 괴롭힘을 당해 마음이 아팠다. 이외에도 나와 길에서 나란히 걷지 않던 오빠는 내가 덩치 크거나 힘세 보이는 나의 남자 친구들을 소개해줄 때면 초면인데도 불구하고 그들 옆에 붙어서 걷거나 친해 보이고 싶어했다. 또 아저씨처럼 보이기 위해 아빠 옷을 입거나 아저씨들이 자주 입는 와이셔츠를 고집하기도 했으며, 회사에 취직한 후에는 쉬는 날에도 항상 사원증을 목에 걸고 다니며 어른임을 티내려고 했다.

이 얘기를 전해 듣는 내 주변 사람들은 오빠가 성인임을 어필하려는 행동이 귀엽다고 반응하지만 가족인 나로서는 마음이 아팠다. 오빠에게 무슨 일이 생기면 당장 내게 전화하라고 늘 입버릇처럼 당부했지만 막상 괴롭힘을 당할 때 혼자 참거나 해결하려는 모습이 여전히 어린 시절에 머무르고 있는 것만 같아 견디기 힘들다. 잘잘못을 판단할 수 있으면 좋겠지만, 웃는 얼굴로 다가와 놀아주겠다며 돈을 요구하거나 오빠가 먹지도 않은 술값, 밥값을 계산하도록 만

드는 어른들의 행동이 부당하다는 것을 판단하지 못하기에 나는 늘 걱정만 앞설 뿐이었다.

오빠는 초등학생 저학년 정도의 지능으로 새로운 사람 앞에서는 말도 잘 못하고 가정에서도 교육을 제대로 받지 못해 위생 관리도 혼자 잘 하지 못했다. 그런 오빠를 어릴 때부터 다그치고 세세히 알려주는 것은 동생인 내 몫이었지만, 어린 나도 서툴렀기에 오빠와 많이 다투기도 했다. 그래도 오빠는 관심사인 게임이나 지하철과 관련해서는 자신감 있게 대화도 잘하고 공동생활 가정이나 복지관 내에서의 활동을 잘 따라주는 모습을 보였다. 현재는 4년째 직장 생활을 하고 있고 좋은 사람들과 함께하기에 큰 사건 사고 없이 잘 적응하고 있다. 킥보드 면허를 따는 것과 결혼이라는 큰 목표도 세워두고 있다.

오빠는 챙겨줘야 할 부분도 많지만 배울 점도 많다. 나와 비슷한 과거를 살았음에도 불구하고 현재의 오빠는 애사심이 클 뿐 아니라 미래로 향해 나아가려는 마음이 강해 주변 사람들에게 긍정의 기운을 불어넣는다.

기본적인 세수, 양치하는 방법부터 로션을 바르고 옷 정리를 하는 생활의 사소한 부분들을 익혔고, 나아가 사회생활, 대인관계 맺기, 식도락 여행도 하면서 남들처럼 평범한 일상을 하나둘 해나가고 있다. 여전히 새롭게 배워야 할 것이나 고쳐야 할 게 많아 짜증 내며 투정 부리는 순간들도 있지만, 오빠는 예상외로 잘해낼 때가 더 많았다. 나와 오빠는 앞으로도 멈춰 있던 어린 시절부터 시작해 '진짜' 어른이 되기 위해 목표를 이루고자 남들보다 조금 늦은 성장을 하고 있다고 생각한다.

나는 과거의 가해자들을 용서했을까

초등학교 고학년부터 고등학교 졸업 때까지 과거의 내가 만난 학교폭력 가해자들은 결코 소수가 아니었다. 한마디의 말로, 혹은 수많은 행동으로 내게 크고 작은 상처를 남긴 가해자들을 돌이켜 떠올려보니 그 숫자는 너무나 많았다. 오히려 방관하며 무신경한 태도를 보인 아이들이 고맙게 느껴졌다.

"야, 너 죽고 싶지 않냐? 근데 넌 왜 사냐? 언제 죽을 거야?"라고 웃으며 조롱하던 어린 친구의 그 모습이 난 아직도 이렇게 생생한데, 가해자였던 그 사람들이 누군가에게는 좋은 사람, 학교생활에 잘 적용하는 사람이었기에 오히려 내 쪽에 문제가 있는 것처럼 치부됐고, 이에 나는 점점 체념을 내면화했다. 분하고 억울했지만 나 자신에게 문제가 있어서 당할 만하다고 생각했기에 모욕적인 순간들을 참고 참고 또 참고……. 그냥 폭력의 순간이 빨리 지나가서 나한테 쏠린 관심이 사라지기만 바랄 뿐이었다. 당시에 그 어떤 어른도 잘못이라 지적하지 않았는데 가해자들은 학교폭력을 어떻게 기억하고 있을까? 기억이나 하고 있을까? 혹은 장난이었다며 즐거운 추억으로 남기고 있는 것은 아닐까? 잘못인 줄도 모른다는 게, 사과할 마음조차 없다는 게 내 마음을 더 괴롭힌다. 어린 가해자들보다 학교폭력을 보고도 묵인했던 더 큰 가해자인 어른들이 더 원망스럽다. 그리고 학교폭력에 힘없이 당하기만 한 과거의 나 자신 또한 원망의 대상이다.

나는 그 가해자들을 꼭 용서해야만 할까? 과거의 가해자들을 용서하지 않아도 그리고 복수하지 않아도 괜찮다며 스스로 다독이면서 극단적이고 부정적인 생각을 더는 하지 않기로 마음먹었다. 그렇게 마음먹고 나니 힘없이 당하기만 했던 과거의 나를 용서할 수 있고, 가해자들도 애써 지워가고 있다. 늘 급한 일은 눈앞의 현실을 살아내는 것인 데다 새로 마주하는 관계와 문제들에 집중하는 것만도 벅차기

4장 장애 가족 혐오와 꼬리표 그리고 소외의 기억

때문이다. 꼭 용서해야만 편해지는 것은 아니다. 평범한 삶을 살기 위해 잊는 쪽을 선택했더니 어느새 그럭저럭 살아지고 있다.

내가 과거에 겪은 일부 기억을 끄집어내 글로 적는 것은 생각보다 무척 어려웠다. 과거를 기억하려 할수록 무기력해지고 걸핏하면 위장병에 시달리기도 하며 예상했던 것보다 고통스러웠다. 하지만 아무도 들어주려 하지 않았던 소외된 기억들에 목소리를 입힐 기회가 주어져 감사했고, 조금씩 치유가 되어감을 스스로 느끼는 중이다. 이런 이야기를 꺼내놓는 데 부담감이 없지 않지만 지금 소외를 겪고 있을 누군가에게는 이런 나의 평범한 생활이 꿈일지도 모른다는 생각이 들었다. 현재 그늘에 있는 수많은 이들이 이 사회의 주류 시선에 부합하지 않더라도 위로받고 응원받을 자격이 충분하다고 생각하면 좋겠다. 또 아픈 순간마다 미래의 평범한 나를 그리면서 우울해하지 않길 바란다.

가정폭력, 학교폭력에서 그 누구도 용서받고자 하는 사람은 없었고 그 때문에 내가 그 누군가를 용서할 기회조차 없다는 사실이 씁쓸하기도 했다. 성인이 되어서도 해결되지 못한 과거를 숨기거나 참고 살아야만 했던 나는 정신건강의학과를 다니며 약을 처방받고 나아지려 노력하는 등 여전히 과제들을 짊어지고 있었다. 지금은 나를 지켜준 친구들이 곁에 있고, 사회복지사로 일할 때 만난 사람과 결혼해 아픈 기억보다는 평범하고 소소한 일상을 꾸려가고 있다. 또 좋은 기억들이 많이 생기면서 과거의 기억은 점점 옅어지니 나는 운이 무척 좋은 편이라고 할 수 있다.

어른이 된 뒤에 '아이 같다'는 말을 종종 듣는데, 그럴 때면 나는 어린 시절의 내게 보상해주기 위해 오히려 그런 면을 즐기기도 한다. 어른이 애 같으면 어떤가? 어린 시절에 자주 듣던 '애어른 같다, 철들었다'는 말이 싫었고 어린이답게 표현하거나 말하고 싶었는데 참아왔을 뿐이다. 늦게라도 타인에게 피해를 주지 않는 선에서 아이처럼 마냥 신나하고 좋아하는 것이 내 부족한 어린 시절을 보상해주는 방법이기에 이런 내 모습이 좋다. 그리고 이 뒤늦은 평범함을, 행복을 놓치고 싶지 않다. 내 이야기를 들어준 누군가도 이 평범한 행복을 놓치지 않았으면 좋겠다.

그들은 왜 하필 나를 괴롭히기로 했을까?

이모르 작가 겸 크리에이터

뚱뚱하고 안경 썼던 아이

중학생이 되었다. 학교로 가는 첫날에 나는 설렘보다 두려움이 앞섰다. 여러 이유가 있었다. 그중 가장 컸던 건 아무래도 초등학교 시절에 친했던 친구들이 나와 다른 중학교에 갔다는 사실이었다. 고로 나는 혼자가 되었다. 새로운 친구들을, 아니 낯선 아이들을 마주해야 한다는 사실이 나를 덜덜 떨게 했다. 나 혼자만의 힘으로 새로운 친구를 사귄다는 게 쉽지 않았다. 초등학교 시절에도 학년이 바뀌고 반이 배정되면 낯선 아이들을 마주해야 했다. 하지만 이때는 적어도 같은 반에 꼭 한 명 정도는 친한 친구가 있었다. 같은 반에 친한 친구가 한 명이라도 있는 걸 확인하고 나면 그제야 한시름 놓았다. 원래 낯을 가리고 부끄러움이 많은 성격을 타고났다. 처음 보는 낯선 아이들에게 먼저 다가가 말을 건다는 건 내겐 상상도 할 수 없는 일이었다. 그러나 옆에 친한 친구가 한 명이라도 있다면 상황은 달라졌다. 알 수 없는 용기가 생긴달까?

생각해보니 20대 시절에도 나는 그랬다. 혈기 왕성한 시기인지라, 홍대 거리를 배회하다가 혹은 술집 같은 데서 마음에 드는 이성을 발견하면 종종 헌팅을 시도하곤 했다. 결과는 뭐 그리 좋진 않았지만, 어쨌든 헌팅을 하는 것도 옆에 친한 친구가 있어야 가능했다. 혼자 가서 말을 거는 건 어렵지만, 둘이 되어 누군가에게 말을 거는 건 쉬운 일이었다. 다시 돌아와서 초등학교 시절에도 같은 반에 친한 친구가 한 명이라도 있어야 안심이 됐다. 친구에게 많은 걸 의지했다. 내가 새로운 아이들에게 다가가는 걸 주저하고 있으면 친한 친구가 대신 다가가 말도 건네주고, 마땅히 마음 맞는 아이가 없는 것 같으면 그냥 친한 친구랑만 붙어서 놀면 됐으니깐. 그런데 막상 중학교에 입학하고 나니 같은 반에, 아니 학년을 통틀어 나랑 친한 친구가 단 한 명도 없었다. 그 상황이 너무나 무서웠다. '내 혼자 힘으로 새로운 친구를 사귀어야 하는구나.' 속으로는 이렇게 되뇌었지만, 정작 용기가 나지 않았다. 자신감도 없었고 자존감도 낮았다.

따지고 보면 당시에 자존감이 낮을 수밖에 없었던 것에는 나름의 이유가 있었다. 우선 첫째는 외모 콤플렉스가 심했다. 일단 뚱뚱했다. 그것도 고도비만. 신체검사 때 체중계에 100킬로그램이 찍혔으니깐. 대충 체형이 그려지지 않는

가. 게다가 사춘기에 들면서 얼굴에 여드름이 많이 났고, 애초에 작은 눈에 시력이 나빠 안경까지 쓰다보니 눈은 더더욱 작아 보였다. 지금도 중학교 시절의 내 사진을 보면 깜짝깜짝 놀란다. 어쨌든 이런 외모로 인해 나는 중학교 내내 '안여돼'(안경 여드름 돼지)라는 별명으로 놀림을 받았다.

자존감이 낮을 수밖에 없었던 두 번째 이유는 가정 환경이었다. 초등학교 시절까진 나름 부유한 집에서 살았다. 하지만 그 시절 'IMF 외환위기' 사태가 터졌고 부모님의 사업은 크나큰 타격을 받았다. 집안은 경제적으로 점점 더 어려워졌다. 게다가 당시에 아버지는 방황하면서 도박에 손을 대기 시작했고 그게 중독으로까지 이어졌다. 이것뿐이랴. 아버지는 허구한 날 술에 취해 들어와 집안을 아수라장으로 만들었다. 당연하게도 부부싸움은 매일같이 일어났고 그걸 지켜보는 건 내게 일상이었다. IMF는 국가적으로 엄청난 사건이었다. 경제적 어려움으로 인해 자살하는 사람들이 쏟아졌고, 한 가정이 파탄 나는 건 예사로운 일이었다. 하지만 어렸던 나는 사회 분위기를 인지하지 못한 채 '왜 우리 집만 망해가지?'라고 생각했다. 그도 그럴 수밖에 없었던 게, 나랑 친했던 친구들은 대체로 집안 분위기가 괜찮아 보였기 때문이다. 그들의 속사정이야 어땠는지 알 수 없지만,

같은 아파트에 살던 친구들은 그대로 그곳에 잘 살고 있는데 우리 집만 쫓기듯 작은 집으로 계속 이사해야 했으니깐. 당연히 내 눈에는 우리 집만 망해가는 것처럼 보였다. 아마 이러한 상황들이 나를 주눅 들게 했을 것이고 자존감에도 큰 영향을 끼쳤을 것이다.

아, 그리고 한 가지 더. 집안이 경제적으로 어려워지다보니 어머님은 내게 새 교복을 사주지 않으셨다. 같은 중학교를 졸업한 형의 교복을 그대로 물려받았는데, 어린 마음에 그게 어찌나 부끄럽던지. 첫 등교 날에 교문을 들어서면서 다른 아이들이 입은 교복을 보면 뭔가 빳빳하고 새하얀 느낌이 드는데 내 교복만 괜스레 후줄근하게 여겨져 고개를 떨구며 걸어 들어갔던 기억이 난다. 이렇게 자신감도 없고 아는 친구도 없는 상태에서 나의 중학교 생활이 시작되었다.

두꺼비와 그를 둘러싼 몸짓들

잔뜩 긴장을 머금고 책상 앞에 쭈그리처럼 앉아 시간을 보냈다. 수업이 시작되고 쉬는 시간이 찾아오고를 반복했다. 아이들은 서로 떠들어대며 마음 맞는 이들끼리 무리를 만들어갔다. 나는 선뜻 어디에도 끼지 못한 채, 아이들의 수다를 엿듣고만 있었다. 그러다가 우연히 '짱'이라는 단어를 처음 들었다. 한 아이가 "우리 학교 짱은 누가 될까?" 이렇게 물었고 그 말을 듣던 다른 아이는 "○○○이 그렇게 싸움을 잘한대"라면서 얘기를 주고받았다. '짱'이란 단어는 내겐 생소했지만, 아이들이 주고받는 대화에서 어떤 의미를 지니는지 직감할 수 있었다. 그리고 나 혼자 충격을 좀 받았던 것 같다. 아마 태어나서 처음 느껴본 '문화 충격' 비슷한 게 아니었을까? 초등학교 시절을 내가 너무 순진하게 보낸 걸 수도 있다. 중학생이 되어서야 아이들이 싸움으로 서열을 매긴다는 사실을 처음 알게 된 것이다. 왠지 모를 공포심이 들었다. 주변을 둘러보니 아이들 사이에 묘한 긴장감 같은 게 느껴졌다. 저마다 주고받는 대화 속에 눈치 싸움, 기 싸움 같은 게 은근히 보였다.

그러다가 알게 된 사실이 하나 있다. 우리 반에 한 아이의 형이 동네에서 싸움 잘하기로 유명하다는 것이다. 심지어 잘생기기까지 해서 여자들한테 인기도 많단다. 유명한 형을 둔 아이가 누구일까 하는 궁금증에 슬쩍 주변을 둘러보았다. 이 시절부터 나는 사람을 파악하는 '촉' 같은 게 좋았던 듯하다. 일종의 사람을 보는 '통찰력' 혹은 어떤 분위기를 읽는 '감'이 좋았다. 그런데 따지고 보면 이런 점들은 그저 동물적 생존본능에 가까웠던 것이었는지 모른다. 먹이 사슬 체계에서 나를 위협할 수 있는 위험한 상대를 미리 탐지하려는 다분히 동물적인 감각이었을 것이다. 그러고는 한 아이가 눈에 들어왔다.

두꺼비를 닮은 정말 못생긴 아이였다. (이 아이는 나의 중학교 시절에 지대한 영향을 끼친 인물이기에, 다른 등장인물들보다 강조하는 차원에서 지금부터 이 아이를 '두꺼비'라고 지칭하겠다. 독자분들의 머릿속에 '두꺼비' 얼굴을 띄워놓고 글을 읽으면 캐릭터를 파악하는 데 도움이 될 것이다.) 혹시 저 두꺼비가 그 싸움 잘한다는 형을 둔 아이가 아닐까? 속으로 생각했다. 그치만 이상하다. 그 형은 분명 잘생겼다고 했는데…… 설마 쟤라고?라는 의심도 잠시, 나는 직감했다. 자고로 사람을 외모로만 판단할 수 없다는 것은 누구나 아는 얘기이며, 외모라는 데이터는 그 사람의 캐릭터를 나타내는 수많은 정보의 일부분일 뿐이다. 나는 두꺼비의 외모가 아닌 다른 특징을 눈여겨보았다.

첫 번째 특징, 우렁찬 목소리. 두꺼비와 내가 앉은 자리에는 어느 정도 거리가 있었음에도 그의 목소리는 반 전체에 울려 퍼져 내 귓속까지 쏙쏙 들어박혔다. 모두가 서로 눈치 보며 조용조용 얘기하는데, 두꺼비는 마치 교실이 자기 집인 양 큰소리로 떠들어대며 자기 존재감을 강하게 드러냈다. 나뿐만이 아니었을 것이다. 반에 있는 모든 아이는, 두꺼비의 말을 듣고 싶지 않아도 들을 수밖에 없었을 것이다. 그만큼 목소리가 컸다. 게다가 두꺼비에게 조용히 말해달라며 제지하는 이는 아무도 없었다. 그는 이미 소리의 주도권을 선점한 셈이다. 두꺼비가 굳이 무력을 드러내지 않아도, 다른 아이들에 비해 상대적으로 어떤 힘을 가진 아이란 걸 어느 정도 느낄 수 있었다.

두꺼비의 두 번째 특징, 여유로운 자세. 두꺼비는 자신의 큰 목소리, 그리고 적당히 비속어 섞인 말을 쓰면서 아이들의 이목을 집중시켰다. 자연스레 관심을 가진 아이들은 두꺼비가 있는 책상 앞으로 슬금슬금 다가갔다. 두꺼비는 자신을 중심으로 손쉽게 무리를 형성했다. 그의 위력은 여기서 한 번 더 증명된다. 다른 아이들은 '서서' 그의 말에 귀 기울였고, 두꺼비는 줄곧 '앉아서' 대화를 주고받았다. 게다가 다리를 꼬고 의자 위에 팔을 걸치고 있는 그의 여유로운 자세까지……. 마치 영화 속에 등장할 법한 보스와 부하들 간의 위계를 느낄 수 있었다. 또한 두꺼비의 보디랭귀지는 굉장히 절제되어 있었다. 알다시피 보디랭귀지란 타인을 향한 몸짓이다. 타인이 내 말을 잘 알아듣게 하려고, 다시 말해 타인에게 내 말의 전달력을 높이기 위해 감정을 싣는 추가적인 몸짓이다. 혼잣말하면서 보디랭귀지를 하는 사람은 없으니 이는 다분히 타인을 의식하기에 나오는 몸짓이자 일종의 노력이다. 아이들은 두꺼비 곁에 서서 과도한 보디랭귀지를 더해가며 말을 건다. 그의 반응을 의식하기에 몸짓에는 더욱 힘이 들어간다. 그러나 두꺼비의 보디랭귀지는 한결같다. 손가락만 까닥까닥하는 게 전부다. 최소한의 몸짓이다. 몸짓에 그 어떠한 힘을 들이지도 않는다. 마치 '너희가 나와 말하고 싶다면 몸짓에 노력을 들여라. 나는 별다른 노력을 하지 않겠다'와 같은 위엄이 느껴졌달까. 힘을 들이지 않는데도 힘이 드러나는 아이러니였다.

이렇듯 두꺼비의 '큰 목소리' '여유로운 자세', 이 두 가지 특징만으로도 소문에 들리던 싸움 잘하는 형을 둔 동생이란 것을 예측했다. 아니나 다를까, 그 예측은 정확히 맞아떨어졌다. 두꺼비의 실제 싸움 실력을 아직 보진 못했지만, 그가 곧 우리 반 '짱'이 될 것임을 직감했다. 그리고 머지않아 다른 반 아이들과의 실제 싸움을 펼치며 학년 전체를 평정해나갔다. 두꺼비는 그렇게 '짱'이 되었고 전교 '일진'이 되었다.

두꺼비가 그림을 그려달라고 명령했다

앞서 말했듯 나는 사람을 파악하는 '촉'이 좋았다. 그것은 동물적 생존본능에 가까웠다. 먹이사슬 체계에서 나를 위협할 수 있는 위험한 상대를 미리 탐지하기 위한 동물적 감각일 것이라고 말했다. 하지만 내가 가진 동물적 감각은 그저 위험한 상대를 알아채는 것, 그뿐이었다. 막상 위험한 상대가 내 앞에 다가왔을 때 무엇을 어떻게 해야 하는지는 알 길이 없었다. 위험한 상대에 맞서 싸우는 법까진 아니더라도 도망가는 법조차 모르는 순진한 얼뜨기에 불과했다. (얼뜨기의 사전적 의미는 '겁이 많고 어리석으며 다부지지 못하여 어수룩하고 얼빠져 보이는 사람을 낮잡아 이르는 말'이다.)

초등학교 시절에도 혼자 길을 걷고 있으면 내가 얼뜨기라는 걸 알아챈 '촉'이 좋은 불량배 형들을 종종 마주쳤다. 알지도 못하는 사람인데 멀리서 '야야~' 하고 나를 불러 세웠다. 순간 나의 동물적 감각이 '위험한 사람이다'라는 것을 인지해도, 그것은 사실상 아무런 도움이 되지 않았다. 맞서 싸우지도 못해, 도망가지도 못해, 그저 덜덜 떨며 그들의 요구에 순응할 수밖에 없었다. "돈 있어?" "네……." "돈 내놔." "네……." 그 후 불량배들에게 돈을 뜯긴 사실을 부모님에게 말하거나 친구들에게 말하지도 못했다. 창피했으니깐. 어떤 대응도 하지 못하는 얼뜨기 같은 짓을 했는데, 이런 나 자신이 부끄럽고 밉고 싫은데, 다른 사람에게까지 말하면 괜히 얼뜨기란 것을 들키는 것 같았으니깐. 물론 피해를 봤을 때 누군가에게 도움을 청하고 도움을 받는 것은 당연한 일인데도, 당시에는 어린 마음에 '나 혼자 해결하지 못한 창피한 일'이라고밖에 생각하지 못했다. 이런 마음이 중학교 내내 이어지다보니, 내가 정작 학폭 피해 당사자가 되었을 때도 그 사실을 누구에게도 말하지 못했다. 누군가가 '네가 살면서 다른 사람에게 피해를 봤다면 그건 너의 잘못이 아니고 창피한 일도 아니야'라고 미리 말해줬더라면 상황이 조금 달라졌을까. 하지만 지금 이 글을 쓰면서 아무리 떠올려봐도 기억나는 사람이 없다. 가장 가까운 부모님조차, 집이 잘살았을 땐 두 분 다 맞벌이하느라 바빴고, 집이 못살았을 땐 부부싸움 하기 바빴으니깐.

학기 초, 아이들은 서로를 관찰하며 외모, 말투, 행동, 분위기, 수업 태도, 친구 관계 등 갖가지 정보를 취합한다. 그리고 한 명 한 명 '이 아이는 어떨 것 같은 아이'라는 프레임을 씌워서 카테고리가 만들어진다. 대표적으로 다섯 개의 카테고리로 나뉜다. '싸움 잘하는 애들' '공부 잘하는 애들'

'잘생긴 애들' '웃긴 애들' 그리고 '조용한 애들=존재감 없는 애들'이다. 내성적이고 사교적이지도 못하며 게다가 외모 콤플렉스도 심했던 나는 단연 '존재감 없는 애들'에 속해 있었을 것이다. 실제로도 반 아이 대다수가 내게 큰 관심을 두지 않았다. 앞서 말한 다섯 개의 카테고리 중 '싸움 잘하는 애들' '공부 잘하는 애들' '잘생긴 애들' '웃긴 애들'은 각자 카테고리는 달라도 서로의 카테고리에 관심을 보였다. 카테고리 간에 섞이기도 하면서 자기네끼리 어울리며 무리를 만들어 놓았다. 그러나 '존재감 없는 애들'만은 그 무리에 끼지 못했다. '존재감 없는 애들'은 그저 자기네끼리만 소수로 어울릴 수밖에 없었다. 나 또한 '존재감 없는 애들' 속에서 조금씩 친구를 만들어나갔다.

나는 공부 머리가 좋지 못했다. 수업 시간은 내게 지루함의 연속이었다. 지루함을 달래고자 노트에 그림을 그리곤 했다. 그나마 어렸을 때부터 그림에 관심이 많았기에 그림 실력은 어느 정도 있는 편이었다. 그렇다고 그런 사실을 애들에게 떠벌리진 않았고 조용히 그림만 그렸다. '존재감 없는 애들' 속에서 그림만 그리면서 학교생활을 하는 것도 썩 나쁘진 않았다. 나름 평온한 생활이었다. 하지만 그 평온은 오래 유지되지 못했다. 수업 시간에도 쉬는 시간에도 그림을 그리고 있으니, 몇몇 아이는 내가 혼자서 뭘 하고 있는지 궁금했으리라. 처음에는 '존재감 없는 애들' 중 한두 명이 다가와 내 그림을 구경했다. 그리고 칭찬했다. 당연히 기분이 좋았고 칭찬 듣는 게 좋아서 열심히 그림을 그렸다. 그러면 또 새로운 아이들이 다가와 관심을 보이고 칭찬을 했다. 어느 순간 나는 반 아이들 사이에서 '그림 잘 그리는 애'로 불리기 시작했다. '나는 존재감 없는 아이'라고만 생각했는데, 그림 하나로 존재감이 서서히 생기기 시작한 것이다. 덩달아 낮았던 자존감도 조금씩 회복되는 것 같았다. 어쩌면 이 글을 읽는 독자로 하여금 이러한 상황이 내게 좋은 일이었으리라 생각하게 할 수도 있겠다. 그러나 지금부터 말하고 싶은 건, 내 학창 시절의 불행은 이 시점부터 시작됐다는 점이다.

내 그림에 대한 아이들의 관심은 점차 퍼져나갔다. 그 결과 내가 '위험한 상대'라고 여겼던 두꺼비의 관심을 끌고 만 것이다. 어느 날 두꺼비가 내게 다가와 그림을 보여달라고 했다. 나는 잔뜩 긴장한 채 그동안 그렸던 그림을 보여주었다. 이내 두꺼비는 그림에 대해 칭찬했고 나는 그의 말 한마디에 살짝 긴장을 놓았다. 두꺼비는 생각보다 그림을 오래 감상했다. 다른 아이들은 대충 칭찬 한마디 하고 자기 볼일을 보러 갔는데 두꺼비는 쉽게 자리를 뜨지 않았다. 그러곤 내게 불쑥 건네는 한마디. "야~ 내 여자친구 그려줘." 20대에 프리랜서 일러스트레이터로 활동하게 될 나는, 어찌 보면 이때 내 인생의 첫 클라이언트를 만났던 셈이다. 물론 돈도 주지 않는 악덕 클라이언트를. 어쨌든 누군가로부터 그림을 그려달라는 요구를 난생처음 받게 된 건데, 처음엔 그게 나쁘지만은 않았다. 오히려 내 그림 실력을 인정받는 것 같아 기분이 좋았다. 또한 무섭게만 느껴졌던 두꺼비에게 환심을 살 기회이자 친구가 될 수 있지 않을까라는 생각에 곧바로 '응, 알겠어, 그림 그려줄게'라며 기분 좋게 답했다. 그러고는 두꺼비 여자친구 사진을 받아 몇 날 며칠 최선을 다해 열심히 그림을 그렸다.

완성된 그림을 가지고 두꺼비에게 컨펌을 받기로 한 날. 분명 그가 그림을 마음에 들어할 것이라는 자신감이 있었다. 그림을 보여주었고 두꺼비는 역시나 마음에 들어했다. 그가 좋아하는 모습을 보니 덩달아 기분이 좋아졌다. 다시 내게 불쑥 건네는 한마디. "야~ 이번엔 우리 엄마 좀 그려줘." 순간 나는 멋쩍은 웃음을 지었다. 뭔가 너무 쉽게 그림을 부탁하는 그의 말이 살짝 못마땅하게 여겨졌지만, 티를 낼 수는 없었다. "아…… 그래." 약간 주저하면서 그의 부탁을 들어줄 수밖에 없었다. 어쨌든 내 그림을 좋아해서 그런 거니깐, 최대한 좋게 좋게 생각하며 또 한 번 그림을 그려주었다. 그러나 그의 부탁은 두 번으로 끝나지 않았고, 세 번, 네 번, 계속 이어졌다. 두꺼비는 자신을 위해 그림 그려주는 것을 마치 당연하게 여기는 듯했다.

그의 부탁이 점점 부당하다고 여겨졌지만, 나 혼자 속으로만 생각할 수밖에 없었다. 초등학교 시절 거리에서 마주친 불량배 형들의 '돈 달라'는 요구에 순순히 돈을 내주었던 나 자신의 모습이 오버랩됐다. 위험한 대상이 다가오면 맞서 싸우는 법, 도망가는 법을 모르는 얼뜨기. 적어도 거절하는 법만이라도 미리 알고 있었더라면 얼뜨기에서 조금은 벗어날 수 있지 않았을까. 그러나 성인이 된 지금도 누군가의 부탁을 거절한다는 건 쉽지 않은 일인데, 당시에 어리고 어렸던 나는 오죽했을까. 매번 그림 부탁을 들어주던 나는 순진했던 얼뜨기에서 나아가 호구가 되어버렸다. 뒤늦게 깨달았다. 두꺼비가 내게 했던 짓은 부탁이 아니라 강요이자 명령이었다는 것을. 나는 매번 부탁을 들어주는 게 아니라 명령에 복종하고 있었던 것이다.

돼지 두 명이 울고불고 싸우는 모습

나는 복종하는 것에 길들여졌고, 두꺼비의 명령은 점점
더 다양해졌다. '반찬 내놔' '빵 사와' '돈 내놔' '숙제해줘' 등
등. 명령에 조금이라도 싫은 내색을 보이거나 들키면, 그는
순간적으로 정색하며 매서운 눈초리로 나를 바라봤다. 그
시선만으로도 간담이 서늘해져 순순히 명령에 따를 수밖에
없었다. 명령과 복종이 반복되면서 두꺼비는 나를 더욱 아
랫사람 대하듯이 다뤘다. 말은 점점 더 과격해졌고, 비속어
를 섞어가며 거친 언어로 종종 나를 겁박했다. 본래 복종을
잘하면 예쁨이라도 받을 법한데, 두꺼비에게 나는 '먹잇감'
이자 '놀잇감'일 뿐이었다.

어느 날 두꺼비가 나와 비슷한 뚱뚱한 체구를 지닌 같은
반 아이를 데려와 대뜸 서로 싸우라고 겁박을 했다. 둘 다
존재감도 없고 게다가 비슷하게 생겼으니깐 한번 싸워보라
는 거다. 당시 학교에선 '일진' 무리에 속한 이들이 자신보다
서열이 낮은 아이들을 이간질시키며 싸움을 붙이곤 했다.
학교에서 벌어지는 싸움은 마치 이종 격투기에 열광하는
어른들처럼 아이들에겐 가장 재미난 구경거리 중 하나였다.
싸움의 명분은 중요하지 않았다. 치고받고 싸우는 그 순간

     5장 그들은 왜 하필 나를 괴롭히기로 했을까?

에 열광하는 것이다. 두꺼비에겐 그저 '구경거리'가 필요했고, 이미 복종에 길들여진 나는 어떠한 저항도 못 한 채 싸움에 임해야 했다. 반 아이들이 대거 몰려오더니 그 친구와 나를 중심으로 퍼져 금세 링이 만들어졌다. 그 친구나 나나 둘 다 어리둥절한 상태에서 각자 한 대씩 주고받으며 서로 싸움의 감정이 들 수 있게끔 위밍업을 해야 했다. 무섭기도 하고 억울하기도 하면서 자꾸 눈물이 흘렀다. 시간이 흐르고 분한 감정이 폭발하면서 싸움은 더 격렬해졌다. 아마 돼지 두 명이 울고불고 싸우는 모습이 반 아이들에겐 마치 투우장에 온 것처럼 신나고 흥미로웠을 것이다. 나는 얼마 싸우지도 못하고 이내 바닥에 넘겨졌다. 친구는 자신의 발로 내 머리를 지그시 눌렀다. 내 얼굴은 눈물, 콧물, 침으로 범벅이 된 상태였다. 좀더 용기를 내 싸워볼 법도 한데, 싸우는 게 너무나 무섭고 맞는 게 두려워 빨리 기권하고 싶은 마음뿐이었다. 몹시 가벼운 패배였다. 구경하던 아이들은 경기가 끝났다며 각자 자기 자리로 돌아갔다. 나는 바닥에 쓰러져 눈을 질끈 감고 있었지만, 그때 들리던 아이들과 두꺼비의 웃음소리가 아직도 잊히지 않는다. 내 인생 최고의 수치심을 겪은 날이었다.

결과적으로 이 사건으로 인해 내 싸움 실력은 드러났고,

순식간에 반에서 서열 최하위 취급을 당하게 된다. 쉽게 말해 그 누구에게든 만만한 상대가 된 것이다. 이후에도 두꺼비의 이런저런 명령은 계속됐지만, 더 최악인 건 점차 다른 아이들 또한 나를 놀리며 괴롭히기 시작했다는 것이다. 학창 시절 아이들은 다섯 개의 카테고리로 나뉜다고 했다. '싸움 잘하는 애들' '공부 잘하는 애들' '잘생긴 애들' '웃긴 애들' '조용한 애들=존재감 없는 애들'. 하지만 따지고 보면 하나의 카테고리가 더 있다. 그건 바로 '괴롭히기 좋은 애들'이다. 결국 나는 '존재감 없는 애'로 시작하여 '괴롭히기 좋은 애'가 되어버렸다. 더군다나 반 아이들에게 한번 낙인이 찍히면, 아무리 학년이 올라가 반이 바뀌어도 입소문은 돌고 돌아 매 학년 내내 같은 이미지를 달고 살 수밖에 없다. 물론 이미지 쇄신에 노력을 기울일 수야 있겠지만, 한번 '괴롭히기 좋은 애'가 되어버리면 그게 쉽지 않다. '공부 못하는 애'는 공부를 열심히 해서 성적으로 높여볼 수 있고, '못생긴 애'는 다이어트나 관리를 통해 스타일을 달리해볼 수 있지만, '괴롭히기 좋은 애'가 되어버리면 글쎄……. 괴롭히는 애들을 때려눕힌다면 이미지 쇄신이 가능하겠지만, 나는 그럴 힘도 배짱도 용기도 없었기에 그 무엇도 할 수 없었다. 그리고 그 대가는 두꺼비 및 못된 아이들에게 중학교 내내 온갖 놀림과 괴롭힘에 시달려야만 하는 것이었다.

　여기저기서 '나도 그려줘' '누구 그려줘' '야한 그림 그려 줘' 등등 온갖 그림을 그려달라는 강요를 받았다. 그뿐만 아니라 내가 몇 날 며칠 열심히 그림을 그려놨더니, 그걸 찢어버리고는 장난이라 말하며 웃고 가버리는 아이도 있었다. 조용히 앉아 있는 내게 다가와 갑자기 머리나 등을 때리는 아이도 있었다. 빵셔틀은 물론, 돈을 뺏기는 일은 다반사였다. '씨발 새끼' '병신 새끼' '돼지 새끼'라는 욕설을 듣는 건 예사로운 일이었다. 코딱지를 먹어보라느니 실내화를 빨아 오라느니 별의별 강요를 다 받았다. 어떻게 놀림을 받고 괴롭힘을 당했는지를 일일이 나열하면 아마 책 한 권 분량을 다 채울 것이다. 차라리 왕따를 당했으면 좀더 나았을까? 애들의 무관심이 차라리 나았을 수도 있겠다고 생각한다. 조용히 내 할 일에만 집중하면 될 테니까. 그 시절의 표현을 빌리자면 나는 '왕따'보다는 '찐따'에 가까웠다. 어느 날 복도를 걷다가 우연히 애들이 나에 대해 수군대는 게 들렸다. "걔는 괴롭히는 맛이 있다니깐." 그 말을 듣는 순간 내 기분이 어땠는지 아는가? 기분을 느낄 새도 없이 그들이 있는 자리를 피해 달아나야 한다는 생각을 했다. 그런데 더욱 비참한 건, 그렇게 갑자기 방향을 틀어 뒤돌아 가버리면 도망가는 낌새를 눈치챌까봐, 자기들을 피한다는 걸 들키면 괜히 더 보복할까봐, 그저 고개를 푹 숙이고 그들 앞을 묵묵히 지나가야만 했다는 것이다. 그리고 들려오는 그들의 웃음소리. 나는 중학교 내내 수없이 많은 모멸감을 느껴야만 했다.

내 존재에 죄책감을 느끼기로 선택했던 시절

어느 날 혼자 집에서 TV를 보고 있었다. 채널을 돌리다 우연히 어떤 영화를 보게 되었다. 제목은 잘 기억나지 않지만 아마 중국 무협 영화였던 것 같다. 힘이 약한 주인공이 열심히 무술을 익혀서 악당에게 복수하는 내용이었다. 뻔한 스토리였지만, 어린 나이에 액션 영화를 보면서 통쾌함을 느낄 법도 한데 나는 별다른 감흥을 느끼지 못했다. 영화 속 주인공에 감정 이입을 할 수 없었다. 현실에서 힘이 약한 사람이 열심히 무술을 익혀서 힘이 세지는 게 가능할 리 없다고 여겼다. 어렸을 때 태권도를 열심히 배웠지만, 그게 나를 강하게 만들었다고는 전혀 생각되지 않았다. 내가 강했다면 학교에서 나를 괴롭히는 애들을 모두 때려눕힐 수 있어야 했다. 두꺼비가 시켰던 싸움에서 이겼어야 했다. 그러나 난 철저한 패배자였다. 내가 아무리 무도의 기술이 좋을 수 있다 한들 그것은 싸움에서 중요한 게 아니었다. 정작 싸움에서 필요한 건 기술이 아니라 용기였다. 하지만 내 안에서는 그 어떤 용기도 찾아볼 수 없었다. 사람이 지닌 용기란, 재능이자 타고나는 것이라고 생각했다. 당시에 나는 살면서 용기를 내본 적이 단 한 번도 없었기 때문이다. 누군가와 싸워야 하는 것에도 용기를 내본 적이 없었고, 친구를 사귀기 위해 낯선 아이에게 먼저 다가가는 것조차 용기를 내본 적이 없었다. 집안에서 벌어지는 부모님의 부부싸움을 말리는 것에도 용기를 내본 적이 없었다. 그 어떤 상황에서도 용기를 내본 적이 없었기에 애초에 나는 용기라는 것 자체가 없는 사람이라 여겼다. 그러니 중학생이 돼도 이 모양이 꼴로 살고 있다고 생각했다. 영화 속 이야기는 그저 허무맹랑할 뿐이었다. 결국 영화의 엔딩을 다 보지도 않고 방으로 들어갔다. 책상 위엔 그림을 그리던 연습장이 펼쳐져 있었다. 겉은 너덜너덜하고 종이는 중간중간 꼬깃꼬깃 구겨져 있었다. 괴롭히던 애들이 하도 내 연습장을 가지고 장난질을 쳐댔기 때문이다.

　책상 앞에 앉아 연습장을 하염없이 쳐다봤다. 문득 '내가 만약 그림을 잘 못 그리는 아이였다면 과연 애들이 내 연습장을 이렇게 만들었을까?'라는 생각이 스쳐갔다. 그림을 잘 못 그렸다면 애초에 애들이 내게 그림 그려달라는 요구도 하지 않았을 테니깐. 이런저런 생각을 하다가 책상에 기대어 스르륵 잠이 들었다. 잠시 후 시끄럽지만 어딘가 익숙한 소리에 잠에서 깨고 말았다. 아니나 다를까, 이날도 역시 아버지는 술에 취해 들어와 고래고래 소리를 질렀고 어머니는 죽느니 마느니 하며 탄식을 하셨다. 아버지한테 도박 빚이 쌓여 있다는 것을 어머니가 알고 난 뒤 매일같이 부부싸움을 하던 시기였다. 집안은 조용할 날이 없었다. 방문을 잠그고 침대에 누워 천장을 바라보았다. 그리고 눈을 감았다. 머릿속에 이런저런 생각들이 떠올랐다. 처음엔 그냥 잡생각이었지만 그 생각들이 점차 쌓이고 섞여 머릿속을 혼란스럽게 만들었다. 이대로는 쉽게 잠을 청할 수 없을 것 같았다. 다음 날 학교도 가야 했다. 생각의 정리가 필요했다. 파편처럼 떠다니는 생각들. 그중 한 가지 생각을 붙잡고 거기서 파생되는 생각들을 하나하나씩 꿰어보기로 한다.

'그들은 왜 하필 나를 괴롭히기로 했을까? 만약 두꺼비가 싸우라고 겁박했던 체구가 비슷한 친구와의 싸움에서 내가 이겼다면 상황은 달라졌을까? 그 전에 두꺼비가 처음 그림을 그려달라고 했을 때 잘 거절했다면, 싸워보라는 겁박도 안 하지 않았을까? 그 전에 내가 애초에 그림 실력이 없었더라면 두꺼비는 내게 관심을 안 두지 않았을까? 그 전에 중학교 입학하는 날 내게 친한 친구 한 명이라도 있었더라면, 그 전에 내가 자존감이 조금만 높았더라면, 그 전에 우리 부모님이 부부싸움만 하지 않았더라면, 그 전에 아버지가 도박만 하지 않았더라면, 그 전에 IMF가 터지지 않았더라면, 그 전에…… 그 전에…… 그 전에 내가 태어나지 않았더라면 그들에게 괴롭힘을 당하지 않았을 텐데. 애초에 태어나지 않았더라면…….'

그 시절에 나는 아이들과 차마 싸우지 못하고, 내 존재에 대한 죄책감과 싸우는 것을 택하기로 했다.

1984년의 봉인된 기억

김효진 마르코폴로 편집장

가난이라는 징표

나는 교실에서 한눈에 들어오는 아이였다. 여자 옷을 입은 남자아이는 그 시절에도 흔치 않았다. 엄마는 내가 초등학교를 졸업할 때까지 누나들이 입던 옷을 물려주었다. 엄마가 내게만 특별히 주었던 (양은 도시락의 밥 밑에 숨겨둔 깜짝 선물 같은) 달걀 프라이로도 위로받지 못했다. 「서울의 달」이라는 드라마를 우리 동네서 촬영할 정도로 약수동은 봉천동과 함께 서울의 대표적인 달동네였다. 말 그대로 달이 가깝게 보일 정도로 높은 곳이고 그만큼 가난한 동네였다. 나는 그 가난한 동네에서도 가장 가난한 편에 속했다.

초등학교 3학년 때로 기억한다. 어느 날 학교에서 불우이웃돕기 성금을 내야 한다고 해서 엄마에게 말했다. "엄마 담임 선생님이 불우이웃돕기 성금을 내야 한대요." 그 말을 들은 엄마의 얼굴은 순식간에 굳어졌다. "우리가 불우이웃인데 누가 누구를 돕는다는 거니?" 아, 그때 다시 한번 깨달았다. 맞아, 우리가 불우이웃이었지. 우리 집은 누구를 도울

처지가 아니고 누군가가 우리 집을 도와야 하는 상황이었지. 충격이라면 충격이었다. 물론 나도 우리 집이 가난하다는 사실은 알고 있었다. 그런데 엄마가 그 가련한 불우이웃이 바로 우리라는 점을 환기시켜줌으로써 나는 다시 우울해졌다. 더군다나 나는 공부도 못하는 아이였다. 이 정도면 그림이 그려질 것이다. 여자 옷을 입고 다니면서 가난하고 공부 못하는 데다 키 작은 아이. 나는 남들이 괴롭히기 딱 좋은 대상이었다.

1980년대만 하더라도 '가난하지만 공부 잘하는 아이'는 담임 선생님의 보호막 아래 별 탈 없이 학교를 다닐 수 있었다. 그런데 나는 가난한 데다 공부도 못하는 아이였다. 또 키가 작고 초등학교 고학년인데도 여자 옷을 입고 다녔다. 체격도 왜소했으니 당연히 '표적'이 되기 쉬웠다. 아이들도 본능적으로 그걸 아는 듯했다. 가난한 애들은 건드려도 뒤탈이 없다는 것을 말이다. 이처럼 가난하다는 말에는 많은 것이 함축되어 있다.

'가난하지만 행복한 사이'는 텔레비전 드라마 속에서나 있는 말이다. 물론 부자들이라고 꼭 행복하다는 보장은 없지만 가난은 어떤 사람의 가장 밑바닥을 드러내게 만든다. 물론 가난의 층위는 아주 다양하다. 그리고 그 단계마다 각자의 사연이 있을 것이다. 어쩌면 나보다 더 가난한 유년을 보낸 사람도 있을 것이다. 그러나 일정 수준 이하의 가난으로 떨어지면 인간으로서의 존엄성은 갖기가 어렵다. '가난은 불편할 뿐 부끄러운 것이 아니다'라는 말은 고상한 문학 작품 속에서나 의미 있을 뿐이다. 이 말을 한 사람은 정말 가난해본 적이 없거나 부처처럼 득도했거나 둘 중 하나다.

가난은 사람을 추하게 만든다. 외모만이 아니라 마음도 그렇다. 가난한 집에 태어났다는 건 그가 처음부터 '을'의 입장에서 출발한다는 것이다. 가난한 집안의 소녀들은 강간 등 범죄에 노출될 확률이 부잣집 소녀들보다 높다. 학교 폭력도 마찬가지다. 물론 부잣집 소녀도 강간 피해자가 될 수 있지만 그 빈도는 가난한 소녀에 비해 현저히 낮다. 부잣집 소녀는 처음부터 그를 보호해줄 사람이 주변에 많다. 더군다나 경찰서에서도 이런 소녀에게는 부드럽게 대하고 그의 말에 귀 기울여준다.

이에 반해 가난한 소녀의 말은 허공으로 흩어진다. 듣는 이는 너의 행실이 어쩌고저쩌고 타령만 한다. 가난한 소녀를 가난한 소년으로 바꿔도 동일하다. 일단 가난한 아이는 만만하다. 때려도 보호해줄 마땅한 어른이 없을 때가 많다. 여기에 더해 공부를 못하는 아이의 말에 귀 기울여주는 선생님은 그때나 지금이나 찾기 힘들다. 나는 서글프게도 빈곤 가정 출신에 학업 능력이 부진했고 키도 작았다. 한마디로 건드리기 딱 좋은 아이였다는 말이다. 가난한 아이는 저 멀리서도 눈에 띈다. 잘 씻지 못해 냄새도 난다. 더구나 나는 예민한 아이였으므로 이 모든 걸 의식하며 견디기 어려워했다.

그래도 내 초등학생 시절에는 이따금씩 괴롭히는 아이는 있어도 지속적으로 괴롭히는 아이는 없었다. 그때만 해도 왕따 문화나 셔틀 조공 같은 것은 아직 없었기 때문이다.

1984년 봉인된 기억

본격적인 학교폭력에 노출된 것은 중학교에 들어가서였다. 사실 이때의 기억은 오랫동안 잊고 있었는데 거의 30여 년 만에 글을 쓰려고 기억의 바다에서 건져올리는 것이다. 자크 데리다는 역사란 '기억과 망각 사이의 투쟁'이라고 말했는데 집단이 아닌 개인은 상처 앞에서 기억보다는 망각을 선택하기가 쉽다. 나 또한 그 모든 기억을 부둥켜안고서 견디고 싶지는 않았다. 망각이 더 손쉽고 유혹적인 방법이다. 아니, 그래야만 나는 살아갈 수 있었다.

K를 만나게 된 건 중학교 입학식 때였다. 같은 반에 배정된 K와 나는 같은 초등학교를 나왔다. 비록 친한 사이는 아니었지만 서로 얼굴은 알고 있었다. 이런 사소한 이유로 K와 나는 함께 어울리기 시작했다. K는 아이들 사이에서 인기가 많았다. 얼굴이 잘생긴 것도 아니고 공부를 잘하는 것도 아니며 성격이 그리 좋지도 않은데 K가 인기 있었던 이유는 그 애가 아이들에게 돈을 펑펑 썼기 때문이다.

K와 한동네에 살고 있는 나는 K의 집이 부자가 아니라는 사실을 알고 있었다. 물론 약수동이라고 모두 못사는 건 아니었지만 K가 사는 곳은 그중에서도 빈민들이 모여 사는 동네였다. 그걸 어떻게 아느냐고? 내가 바로 그 동네에 살았기 때문이다. 아무튼 K를 따라다니면 먹을 게 생겼다. 그것도 학교 문방구 앞에서 파는 떡볶이나 튀김 같은 게 아니라 최신 유행 상품인 햄버거 같은 걸 얻어 먹을 수 있었다. 당연히 아이들은 K의 눈에 들려고 주변을 기웃거렸다. 더구나 K는 그 당시 십대들 사이에서 폭풍처럼 몰아치던 메이커의 시대에 발맞춰 나이키와 아식스, 아디다스로 깔맞춤을 하고 다녔다. 반면 나는 아삭스 같은 짝퉁을 입고 신었다. 몇 년 후에 다가올 88서울올림픽에 대한 기대감에 전 국민이

들썩이고 학교에서도 교복 자율화 시대를 열었던 때다. 따라서 부자와 가난뱅이는 딱 봐도 차이가 두드러졌다. 그때나 지금이나 돈의 위력은 대단한 것이었다.

그런데 알고 봤더니 K의 자금줄은 '도둑질', 그것도 소매치기였다. K네 옆집에 살던 칠순이 넘은 할아버지가 1970년대를 풍미했던 전설적인 절도범이었던 것이다. K는 그 할아버지로부터 빈집 터는 방법을 비롯해서 수많은 비법을 전수받았다고 말했는데, 거짓말은 아닌 것 같았다. K는 중학교 1학년이라고는 상상도 할 수 없을 만큼 대담했다. 열네 살짜리 아이는 사람이 많은 곳에서 아무래도 위축되기 마련인데, K는 두려움이 없었다. 동대문운동장 1층에 입주해 있는 보이스카우트 매장에서 K는 그 눈부신 솜씨를 우리에게 보여주었다. 아마도 소매치기에 금메달이 있다면 바로 K가 목에 걸지 않았을까. 요컨대 K는 도둑질에 모차르트 같은 재능을 가지고 있었다. 범죄를 설계하고 실행하는 능력에서 중학생 수준을 뛰어넘어 어른처럼 판단하고 움직였다.

처음에는 나를 포함한 애들이 떡고물이나 받아먹으려고 K 주변에서 어슬렁거렸지만, K가 빈집을 털다가 현행범으로 걸려서 징계를 받자 상황이 달라졌다. 나는 무엇을 했냐고? 멍청하게도 K의 가방모치를 하고 있었다. K가 소매치기를 할 때는 바람잡이를 하기도 하고 빈집을 털 때는 망을 보기도 했다. 한동안은 K도 나를 친구로 대했다. 그러다 어느새 K는 나를 포함한 동료(?)들을 자신의 따까리로 여기기 시작했다. 나는 가장 마지막까지 K 곁에 남았다. 지금 생각해도 가장 후회되는 선택이다. K는 마지막까지 남아 있는 아이에게 온갖 신경질과 패악질을 부렸기 때문이다. 아니다, 내가 선택한 것이 아니었다. 내가 K에게 선택된 것이다.

중학교 1학년 2학기에는 매일 등교할 때마다 울었다. 정말이지 자퇴하고 싶었다. 그런데 엄마에게 그 말을 꺼낼 수가 없었다. 언젠가 엄마는 내게 말했다. "중학교는 꼭 졸업해야 한다." 검정고시를 보면 되지 않느냐는 항변은 통하지 않았다. 엄마는 상황을 모르니 적절한 조언을 해줄 수도 없었을 것이다. 그렇다고 이 상황을 엄마나 아빠에게 알리고 싶지는 않았다. 돌이켜보면 실수였다. 그때 나는 곧바로 엄마와 누나들에게 혹은 선생님에게 K의 무자비함과 도둑질에 대해 확실하게 말을 했어야 했다. 그랬다면 나에게나 K에게나 더 나은 미래가 펼쳐졌을 것이다.

대부분의 학폭 피해자는 부모님께 자신이 처한 상황을 알리고 싶어하지 않는다. 부모님을 실망시키는 것이 두렵고 가해자의 복수도 무서울 뿐 아니라 이 모든 것을 설명해야 하는 상황 자체가 부담스러웠다. 더 정확히 말하자면 죽기보다 싫었다. 그렇게 학폭 피해자는 삶에서 죽음 쪽으로 허물어져간다. 나는 하루에도 열두 번씩 까무러쳤다. 내가 나 자신에게 실망한 것이 가장 커다란 상처였다. 그때 알았다. 어떤 순간에도 나는 나 자신을 사랑해야 한다는 것을 말이다. 내가 날 버리면 정말 끝이라는 것을 어렴풋이 깨달았던 듯하다.

그 시절 옆방에 사글세로 살던 아저씨가 내게 놓고 간 도스토옙스키의 『죄와 벌』만이 나를 위로해주었다. 어쩌면 노파의 머리 위를 도끼로 내려치는 라스콜니코프가 되었을 수도 있었겠지만 그런 일은 일어나지 않았다. 일단 K를 보는 순간부터 내 몸과 마음은 단번에 압도되었다. 그래서 K가 하자는 대로 할 수밖에 없었다. 마치 뱀 앞의 개구리처럼 그렇게 꼼짝 못하는 상황이 된 것이다.

수업 중일 때는 그나마 조용하게 지나가는 편이었지만 학교가 파하면 본격적인 시작이었다. 사람들이 붐비는 동대문 시장과 서대문 시장 그리고 명동성당은 K의 놀이터였다. 특히 성당은 소매치기한테 천국에 가까웠다. K는 성당 안에서 눈을 감고 기도하는 사람 앞에 놓인 지갑을 스리슬쩍 훔쳤다. 주님께 올리는 감동적인 기도가 끝나고서 눈을 뜨면 그

제야 자신의 지갑이 사라진 것을 알아차린 신자들은 소스라치게 놀라 당황하곤 했다. K는 이 모든 것을 지켜보면서 즐기는 타입이었다. 두둑한 배짱은 도저히 열네 살짜리 소년이라고는 생각하기 어려울 정도였고 K는 이 방면에 타고난 재능을 자랑했다. K는 으스대기 좋아했으며 어른인 양 담배도 피우고 술도 마셨다. 여자와 잠자리도 가졌다고 큰소리쳤지만 그건 허풍이라는 것을 딱 봐도 알 수 있었다.

아무튼 그 시절의 K는 자신의 재능에 도취되었고 우리 앞에서 그걸 자랑하기 바빴다. 심지어 그 애는 '소매치기 기술'이라는 주제로 우리를 가르쳤다. "첫째, 서 있는 사람. 둘째, 앉아 있는 사람. 셋째, 걷는 사람. 이 중에 기술 걸기가 가장 어려운 사람은 누굴까? 누구 한번 맞혀볼래?" 셋 중 내가 자리에서 일어서며 나지막하게 말했다. "걷는 사람." 내 말을 들은 K는 코웃음을 치며 말했다. "아니야. 걷는 사람은 오히려 쉽지. 왜 그런지 알아? 걷는 사람을 뒤따라가면서 지갑을 손에 넣으면 그 순간부터 너는 자연스럽게 그 사람보다 천천히 걸어가면 되는 거야. 가장 어려운 대상은 앉아 있는 사람이야. 자리에 앉아 있는 사람의 시야는 바지 주머니와 가방까지 웬만한 데는 다 관찰할 수 있거든."

그렇게 한탕 성공하면 K는 우리에게 1만 원씩을 주었고 나머지는 자기 주머니 속에 넣었다. 그리고 우리에게 비엔나 소시지 같은 당대 최고 수준의 먹거리를 사주면서 달랬다. 누군가 도시락 반찬으로 비엔나 소시지 같은 걸 싸오면 교실 전체가 들썩거릴 정도로 평소에 먹기 어려운 음식을 K는 간식처럼 먹었다. 이문열 소설에 나오는 엄석대처럼 K는 탐욕스러웠고 동년배들을 애 취급 했다. 다행인지 불행인지 타깃이 나 혼자만은 아니었다. 따라서 내가 아닌 다른 아이를 K가 타깃으로 삼아 놀고 있으면 그 순간만큼은 잠깐이라도 숨을 돌릴 수 있었다. 물론 그건 다른 애들도 마찬가지였다. 우리는 서로에게 위로가 되기보다는 상대방이 타깃이 되기를 바랐다. K의 가장 나쁜 점은 이런 걸 부추기고 즐겼다는 것이다.

어쨌거나 비록 서너 명밖에 안 되었지만 K가 우리 사이에서 권력의 정점에 있었기 때문에 그의 눈 밖에 나면 그 순간 외톨이가 될 위험이 있었다. 그래서였을까? 차라리 전쟁이라도 터지기를 바랐던 것 같다. 그래서 학교를 안 갈 수만 있다면, 그리하여 K의 면상을 안 볼 수만 있다면 악마에게 내 영혼이라도 팔고 싶었다. 나는 메피스토펠레스에게 영혼을 판 파우스트의 심정을 충분히 이해할 수 있었다. 내게는 K가 서 있는 지점이 바로 지옥의 풍경이었다. 한 사람이 어디까지 잔인해질 수 있는지 그 극한을 보여주는 존재가 바로 K였다. 그는 우리 머리 위에 군림하려 했고 친구가 아닌 부하처럼 부려댔다. 어쩌다보니 우리는 몸종 1, 2, 3이 되어 있었다.

사이코패스의 탄생

애들이 아파하면 할수록 K는 더욱 낄낄거리면서 좋아했는데 아마도 그 애에게는 다분히 '사이코패스' 기질이 있었던 듯하다. 지금이야 사이코패스라는 게 널리 알려져 있지만 1980년대에는 막연한 개념만 겨우 있었을 뿐이다. K는 영악한 아이였으므로 얼굴 같은 데를 표나게 때리지 않았다. 옷을 걷어 올리거나 벗어야 상처를 확인할 수 있는 옆구리, 허벅지 또는 무릎 아래 조인트 같은 데를 때렸다. 절도에서 재능을 뽐낸 것 이상으로 고문에서도 커다란 재능을 보였다. 만약 K가 그길로 계속 갔다면 탁월한 고문 기술자가 되었을지도 모른다. 진심으로 타인의 고통을 자신의 기쁨으로 환원시키는 노릇은 아무나 할 수 있는 것이 아니다. 왜 하필 하고많은 재능 중에서 절도와 고문 같은 걸 타고났을까 싶다. 물론 그걸 K가 고른 것은 아니겠지만 말이다.

K는『고문 기술』같은 책을 읽으면서 주변 아이들을 괴롭히기 시작했다. 나는 그 첫 번째 대상인 동시에 가장 마지막 대상이었다. 그때 나는 보았다, 인간의 얼굴을 한 악마를. 더 억울한 점은 K가 그런 존재임을 우리 반 아이들 대부분은 몰랐다는 것이다. 몇몇 아이만 K의 숨겨진 정체를 알아차렸다. 우리 반 아이들에게 K는 돈 좀 쓰고 가끔 절도도 하는 약간 불량한 친구로만 여겨졌다. 만약 중학교 2학년에 올라갈 때 K랑 같은 반에 배정되었다면 나는 어딘가에서 조용히 죽음을 맞이했을지도 모른다. 열네 살의 봄은 환희처럼 다가와서 그해 여름이 가기 전에 고통으로 얼룩지게 만들었다. K는 그 뒤로도 큰 걸 몇 탕 더 뛰다가 현행범으로 잡혀가 소년원에 수감되었다고 했다. 그 뒤로는 소식을 듣지 못했는데 사실 그 애 소식은 알고 싶지 않았다. 이제 K는 더 이상 내 인생에 없는 존재이기 때문이다. 그렇지만 지금이라도 길에서 우연히 마주친다면 나는 한눈에 그를 알아볼 것 같다. 그리고 어쩌면 뒷걸음칠지도 모른다. 더이상 아무런 위협이 되지 못하는 대상이지만 여전히 K 앞에서 나는 약자이기 때문이다.

솔직히 말하자면 죽을 때까지 K를 보고 싶지 않다. 학폭 가해자가 자라서 성공한 연예인이 되는 경우도 마찬가지일 것이다. 텔레비전을 틀었는데 화면에 K의 그 뻔뻔한 얼굴이 나온다면 그 순간이 바로 지옥문이 열리는 순간일 것이다. 한 번이라도 학폭에 시달려본 사람이라면 내 말을 바로 이해할 것이다. 모든 걸 다 잊고 사는 듯해도 일종의 방아쇠처럼 학폭의 가해자를 연상시키는 어떤 상황에 부딪히면 한순간에 일상이 무너진다. 학폭에 노출된 시간들은 그냥 정지된 시간이다. 그 시간들은 종종 괴물이 되어 스스로를 잡아먹기도 한다.

사실 '자살'은 달콤한 유혹이다. 딱 눈을 감고서 옥상에서 훌쩍 뛰어내리면 모든 것이 편안해진다고 생각하게 된다. 아침에 두 눈을 뜨는 순간부터 저녁에 학교에서 돌아와 다시 잠자리에 드는 순간까지, 아니 꿈속에서도 시달리는 인생은 더는 인간의 삶의 아닌 것이다. 딱 한 번만 용기를 내면 K의 얼굴을 영원히 안 볼 수 있다는 점은 실질적인 이득인 반면 매일매일 죽었다 살아나기를 반복하는 끔찍한 인생의 지속은 언제 끝날지도 모르는 기대하기 힘든 희망 같은 것이었다. 이쯤 되면 삶이 거추장스럽게 여겨진다. 나는 매 순간 생사의 기로에 서 있었다. 다른 사람들은 몰랐겠지만 말이다. 학폭 피해자들은 절절히 느낄 것이다. 하루를 보내고 나면 또 하루가 기다린다는 것이 얼마나 끔찍한 일인지를. 따라서 '용서'나 '화해' 같은 말은 꺼내지 말았으면 좋겠다. 가해자는 용서를 구할 마음이 없고 피해자도 용서할 마음이 없다. 겪어보지 않은 사람들은 이 지옥이 얼마나 끔찍한 곳인지를 짐작도 못 할 것이다. 그 고통의 기억은 시간이 지난다고 옅어지지 않는다. 그냥 그 상태로 기억 속 어딘가에 봉인되어 있을 뿐이다.

자기부정의 변증법

열네 살짜리가 선택할 수 있는 방법은 별로 없었다. 정말 화가 나는 점은 학폭 가해자는 그 사건 자체를 기억하지 않는다는 것이다. 피해자는 고통이 되살아날까봐 기억을 덮는데 가해자는 마치 아무 일도 없었던 것처럼 그냥저냥 살아간다. 언젠가 읽었던 심리학 서적에서 가해자는 피해자보다 네 배 빠른 속도로 그 사건을 잊는다고 했다. 가해자들은 그때는 어렸다는 둥 친구 사이였다는 둥 하면서 발을 빼기 일쑤다. 강간범이 마치 우리는 연인 사이였다고 주장하는 것과도 같다. 정말 친구 사이였다면 담뱃불로 생살을 지지겠는가. 사실 단순하게 생각하면 그들이 친구 사이였는지 아니면 주공관계였는지는 금방 드러난다. 내가 학창 시절을 보낸 때는 지금으로부터 30년도 더 되었지만 기본적인 학폭의 프로세스는 여전히 동일하다. 다만 내가 지나온 시간들보다 더 가혹하고 지속적인 폭력에 우리 아이들이 노출되어 있다는 점이 다르다. 내가 겪은 폭력의 세기나 강도는 요즘의 학폭과는 비교할 수 없을 정도이지만 그 상처에 반응하는 마음은 같다고 할 수 있다.

끊임없이 나를 괴롭혔던 질문은 '왜 하필 나인가?'였다. 지금이야 가난하고 공부 못하는 아이가 먹잇감이 되기 쉽다는 것을 알고 있지만 그때만 해도 미처 생각하지 못했다. 아마 그건 나뿐만이 아니라 누군가로부터 지속적인 괴롭힘을 당했던 사람이라면 마음속 깊은 곳에서부터 떠오르는 질문일 것이다. 수많은 아이 중에서 왜 내가 희생양이 되었을까. 그 질문을 스스로에게 하면서 나는 점점 더 위축되었다.

학폭의 가장 큰 문제는 피해자로 하여금 자기부정을 반복하게 만들어서 스스로를 혐오하게 되는 것이다. 대부분의 피해자는 자신이 어떤 이유로 그들의 먹잇감이 되고 노리개가 되었는지 잘 모른다. 사실 따지고 보면 학폭은 아주 작은 차이에서부터 시작된다. 이를테면 전학을 와서 유독 그 아이만 사투리를 쓰지 않는다면 바로 이 지점에서부터 비극은 싹튼다. 단 한 번의 강함을 나타내기 위해 얼마나 많은 약함을 숨겨야 하는지를 잘못한 게 없는데도 학교를 떠나게 되는 바로 그 순간에 깨닫게 된다. 그로 인해 어른이 되어서도 자다가 깜짝깜짝 놀라곤 하면서 자신의 내면을 들여다보게 되는데, 아주 소수의 피해자만이 이 과정을 통해 더 높은 단계로 나아간다.

학폭 피해자 대다수는 십대에 입은 상처들로 인해 과거를 기억하고 회상한다는 행위가 얼마나 고통스러운 것인지를 잘 알고 있다. 부정하고 또 부정하고 그러다 또 어느 순간 잊어버리기도 하고…… 그렇게 시간이 쌓이고 쌓여서 슬픔이 제 키를 넘어설 즈음 여전히 기억의 사슬에 묶여 있는 자신을 발견하게 된다. 학창 시절을 돌이켜본다는 것은 고통으로 가득 찬 바다를 헤엄치는 것이다. 누군가에게는 학창 시절이 추억의 풍경으로 다가오지만 또 다른 누군가에게는 그냥 진공의 시간처럼 느껴진다. 아니 그 안에서는 익사한 꿈들이 고통으로 아우성친다.

그 시간들을 통해 내가 더 단단해졌다고 생각하지는 않는다. '상처 입은 조개만이 진주를 품을 수 있다'는 말도 내게는 위로가 되지 못했다. 다만 그 짐승의 시간에서도 자살하지 않고 견딜 수 있었던 것은 어떤 책에서 읽었던 작은 문구 때문이었다. "아무리 파도가 거세고 폭풍우가 몰아쳐도 바다를 뛰쳐나가는 물고기는 없다." 내가 그 최초의 물고기가 될 수는 없었다. 어느새 내 육신은 반세기를 견뎌 오십대에 진입했다. 36년 전 오늘의 내게 이런 말을 해주고 싶다. "지금 당장 부모님에게 K의 존재를 알리고 네가 겪은 일을 고발하라!"

맺음말 _ 폭력이라는 전염성

이정식 작가

2021년 3월 3일. 변희수 전 하사가 자신의 자택에서 숨진 채 발견되었다. 군 복무 중 휴가를 받아 성전환 수술을 받았다는 이유로 강제 전역 조치된 그녀는 군 복무를 희망했지만 국방부와의 법적인 다툼은 처음부터 계란으로 바위를 치는 일이었고 그것을 공고화시키는 건 그녀를 바라보는 사람들의 인식이었다. 남성 중심의 성소수자 커뮤니티 내부나 인터넷 댓글 창에 군대와 성전환자라는 이슈를 말하는 사람들 대부분이 그녀를 비난하고 있었다. 그리고 그녀의 죽음 이후에도 그녀를 추모하는 글보다는 '안타깝지만 어쩔 수 없는 일'이라는 식의 글이 주를 이루고 있었다.

그녀의 선택과 싸움에 적극적인 관심과 응원을 보내지 못했다는 생각에 미안했다. 그리고 한 가지 의문이 들었다. 누군가의 생존과 직결될 수 있는 문제에 '사회적 용인, 분위기, 합당함' 등을 이유로 자신의 생각을 쉽게 말하는 사람들의 태도는 어디서부터 형성되는 것일까. 주관적인 관점으로 누군가의 삶에 대해 이치를 따지며 말하지만 결론은 자기 자신이 어떤 대상을 받아들이고 싶어하지 않거나 아직 받아들일 준비가 되어 있지 않은 것에 불과한 것은 아닐까. 그렇다면 단적으로 말하건대 그건 포용력이 부족한 자의 타인과 사회를 인식하는 일방적인 사고일 뿐이다.

코로나 팬데믹이 1년 넘게 이어지며 모든 것이 바뀐 상황에서, 변해버린 일상의 시간과 삶의 풍경에서도 변하지 않은 건 가난과 혐오였다. 누군가는 코로나19로부터 안전하기 위해 모든 것이 갖춰진 시설로 자발적 격리를 선택하는 반면, 빈곤은 결핍으로 인한 면역력의 불안정함과 바이러스에 노출되기 쉬운 환경으로 노동자들을 밀어낸다.

질병은 가난과 결부되면서 복잡다단한 사회 구조 안에 혐오의 자리를 내어준다. 국가의 통제에 있어 사회 구성원들과의 합의가 선행되어야 하고 소수의 자유나 헌법의 가치를 무너뜨리면 안 된다는 것을 사람들은 질서와 규칙이라는 분위기 속에서 쉽게 간과해버리는 것 같다. 서양인들의 동양인에 대한 혐오, 신천지 등 특정 종교와 지역에 대한 비난, 이태원 게이 클럽발 사태로 성소수자들을 향한 맹목적인 혐오가 도처에서 목격됐다. 이성과 논리를 압도하는 폭력의 언어에는 합리적인 의심과 질문이 들어설 자리가 없었다. 헌법에서 보장하는 종교의 자유나 타인에게 피해를 주지 않는 개인의 욕구를 국가가 통제한다는 것이 옳은 일인지에 대해서 말할 수 없었다. 코로나19 확진자는 모두 가해자로 여겨졌고 비감염인은 전염에 대한 긴장과 불안 속에서 팬데믹이 만들어낸 공황 속의 피해자였다. 내게는 이런 사회의 광적인 모습이 병적으로 느껴졌고 코로나19보다 더 치명적인 전염성의 질병으로 다가왔다. 우리는 언제부터 내가 속한 집단에 대해 의심을 하지 않게 되었을까.

폭력의 씨앗을 생각해본다. 말과 행동으로 혹은 시선으로 물리적인 가해를 입히는 폭력의 기원은 유전적인 문제인가 혹은 환경의 문제인가를 생각하기 이전에 내가 기억하는 어린 시절의 풍경들을 꺼내보고 싶다.

나는 초등학교 1학년이 끝날 무렵 소위 뉴타운이라 불리는 아파트 단지들이 들어선 곳으로 이사를 가게 되었다. 휘발되지 않은 페인트 냄새와 아파트 계단에서 느껴지던 콘크리트 특유의 차갑고 습한 기운이 지금도 선명하게 떠오른다. 전학 간 학교는 전체 학생 정원이 3000명이 넘는 곳이었고 교장 선생님은 전국에서 세 번째로 학생 수가 많은 곳이라며 자부심을 가지라는 말씀을 자주 하셨다. 한 학급의 학생 수가 50명이 넘어 항상 비좁고 먼지가 날리던 그 교실

맺음말 폭력이라는 전염성

에서 느낄 수 있는 자부심이 무엇이었는지는 모르겠지만, 부모님이 공부를 열심히 해야 한다고, 임대주택에 거주하는 아이들과는 달라야 한다고 말씀하셨던 기억이 난다. 시험 성적과 전체 등수와 그 외에 과학상이든 글짓기상이든 미술상이든 학교에서 받을 수 있는 상이 늘어나는 게 부모님의 행복이었고, 그건 다른 아이들보다 내 자식이 똑똑하고 남다르다고 구분 짓는 기준이 되는 듯했다. 친구들과 어울려 지내며 마음을 나누고 화합을 배우는 것과 같은 정서교육에 초점이 맞춰지는 게 아니라 아이들은 미묘한 경쟁을 하고 있었고 내가 친구보다 잘하는 것을 찾고 있었다.

중학교에 들어가면서부터 미묘한 경쟁은 눈에 보이는 것들로 바뀌어갔다. 늘어난 수업 시간은 중간고사와 기말고사에서 좋은 성적을 받기 위한 준비에 불과했고 하교 시간 이후에는 학원으로 나가 소위 지역의 명문 고등학교에 들어가기 위한 훈련 과정을 밟았다. 여전히 학교는 비좁았고 어른들 못지않게 밖에서 시간을 보내야 했던 시절이었다. 그 시절 나와 다른 친구들은 모두 숨죽이며 보냈던 시간들이 있었음을 기억한다.

초등학교에서는 보지 못했던 몰려다니는 친구들이 있었다. 그 친구들을 보며 아이들은 나에게 누가 어떤 초등학교에서 싸움을 잘했다, 누구는 다른 초등학교 출신으로 싸움을 잘한다, 또 누가 그 아이들하고 친하다는 말을 들려주었다. 그들이 복도를 지나갈 때면 쉬는 시간이나 점심시간에 뛰어놀던 아이들은 순간 조용해졌다. 수군거렸던 말들도 기억한다. 누구의 성격이 어떤지, 어디에 사는지, 그 친구가 다른 친구에게 어떤 잘못을 했는지 등의 수군거림은 공기처럼 조용히 퍼져나갔다. 배제의 순간도 많았다. 사소한 다툼은 주먹다짐이 되기 쉬웠고 어느 날 갑자기 어울려 지내는 사이에서 한 친구가 유령처럼 안 보이는 존재가 되는 일은 흔했다.

내가 속해 있던 반 남자아이들이 점심시간에 다른 학급과 축구를 한 날이었다. 나는 뛰는 것을 싫어하기도 했지만 여성스럽다는 이유로 축구 참여를 권유받은 적이 없었다. 축구 경기에서 다른 반에 지고 들어온 날 경기에 참여한 남자아이들은 교실 끝 사물함 앞에 일렬로 서 있었다. 무리지어 다니는 아이들 중 한 친구가 욕을 내뱉으며 서 있던 아이들의 뺨을 차례로 때리기 시작했다. 그 순간 찾아온 정적 속에서 그걸 지켜보던 아이들의 눈빛을 기억한다. 그 친구를 말리는 이가 없었고 말을 꺼내는 이도 없이 단지 얼어붙어 있었다. 이어진 수업 시간에 우리는 아무것도 보지 못한 것처럼, 아무 일도 없었다는 것처럼 가라앉은 분위기 속에서 하교 시간을 기다렸다. 선생님들이 알지 못하는, 선생님께 알리지 못한 일들이 쌓여가던 학교는 돌이켜 생각해봐도 가해자와 피해자, 방관자들이 혼재된 곳이었으며 '책임'이라는 말이 성립될 수 없는 곳이었다. 반성을 해야 하는 이들은 지목되지 않았고 폭력의 행동들은 묻거나 묻히고 있었으니까.

떠오르는 두 얼굴이 있다.

이름이 잊히지 않는 친구다. 그 친구는 무리지어 다니는 아이들의 모임에서 주축은 아니었지만 그들과 함께 어울리기 위해 노력했던 것으로 기억한다. 아이들이 많이 빠져나가 조용했던 교실에서 나를 부르기에 그가 앉아 있던 자리로 갔더니 그는 조용한 목소리로 자신의 볼에 뽀뽀를 하라고 했다. 내가 당황해서 머뭇거리니 그는 주저 않고 내 뺨을 때렸다. 그러고는 다시 물었다. 볼에 뽀뽀를 할 건지 맞을 것인지.

이름은 생각나지 않지만 기억에 남겨진 또 다른 얼굴도 말해야겠다. 대화를 많이 나누지 못했지만 키가 크고 몸과 얼굴이 크게 느껴지던 그 친구는 학급 일도 공부도 성실히 했던 밝은 모습으로 기억된다. 복도를 지나 교실로 들어가려던 나를 그 친구가 불러 세웠다. 한참 동안 말 꺼내길 망설이다가 내게 가진 돈이 있는지 물어본 그는 이내 아무것도 아니라며 자리를 떴다. 만약 그때 그가 내게 강압적인 태도를 취했다면 어떤 상황이 이어졌을까. 그 당시 내게 꾸준히 돈을 요구했던 친구들이 있었다. 돌려줄 생각도 없으면서 빌려간다며 빼앗아간 두 대의 CD 플레이어도 생각난다. 물질적인 요구를 받는 학생은 나 하나가 아니었을 것이므로 그 친구도 누군가로부터 비슷한 요구를 받았던 것이 아닌지를 생각해본다면 그 친구가 내게 했던 행동은 일종의 자기 생존을 위한 선택이라고 봐야 할까. 그 친구가 나를 약한 대상으로 생각하고 접근했던 것처럼 학교 안에서의 폭력은 위에서 아래로 전이되고 있었던 것이다.

영화 「파리대왕」을 처음 봤을 때의 충격이 떠오른다. 무인도에 갇힌 아이들은 나와 나이가 비슷하거나 어린 친구들이었다. 아이들은 무리를 이끌 리더를 세우고 생존을 위한 질서와 규칙을 만들었다. 모두에겐 동등하게 말할 권리가 있었고 자유와 협동으로 평화가 유지되고 있었다. 하지만 아이들 중 한 명의 반목으로 인해 기존 질서가 깨지면서 무리는 둘로 갈린다. 갈등의 씨앗이 된 아이는 공포심을 이용해 자신의 무리를 지배하며 세력을 키워간다.

돼지 피를 바른 아이들의 얼굴이 생각난다. 한 친구를 괴물로 착각해 공포에 이성을 잃은 아이들이 자신들의 친구를 무참히 살해했던 장면도 생각난다. 실수로 빚어진 친구의 죽음 이후 아이들의 공격성은 자연스러운 행동이 되었고 잘못된 질서를 말하기 위해 찾아온 친구를 의도적으로 살인해버린다. 그때 그 옆에서 친구의 죽음을 보고 있던 남은 한 아이가 살기 위해 도망치자 그를 죽이기 위해 쫓던 아이들의 모습이 생각난다. 그 모습을 보면서 나는 그들이 겉모습만 아이일 뿐 어른들과 다르지 않다고 생각했다. 그들이 나와 비슷한 나이대의 아이들이라고는 생각할 수 없었다. 아이들의 추격에 쫓겨 해변에 넘어진 아이 앞으로 군인이 나타나고 그 아이를 뒤쫓던 아이들은 군인을 보고 멈춰서버린다.

영화 바깥의 이야기가 늘 궁금했다. 마지막 장면 이후에 전개될 이야기가. 추격에서 살아남은 아이는 어른들에게 친구의 죽음과 섬 안에서 일어난 잔인무도했던 일들을 고백했을까. 그 일에 동참했거나 목격했던 아이들은 섬 안에서의 시간을 어떻게 생각하고 있을까. 부디 그들이 침묵으로 그 시간을 덮어버리지 않았기만을 바란다. 나와 나의 친구들이 그랬던 것처럼, 또 과거와 현재의 시간에 누군가는 눈과 입을 닫고 있는 것처럼.

여섯 개의 폭력

: 학교폭력 피해와 그 흔적의 나날들

ⓒ 이은혜 황예솔 임지영 조희정 이모르 김효진

1판 1쇄	2021년 5월 7일
1판 2쇄	2024년 5월 24일

지은이	이은혜 황예솔 임지영 조희정 이모르 김효진
펴낸이	강성민
편집장	이은혜
마케팅	정민호 박치우 한민아 이민경 박진희 정유선 황승현
브랜딩	함유지 함근아 고보미 박민재 김희숙 박다솔 조다현 정승민 배진성
제작	강신은 김동욱 이순호

펴낸곳	(주)글항아리	출판등록 2009년 1월 19일 제406-2009-000002호

주소	10881 경기도 파주시 심학산로 10 3층
전자우편	bookpot@hanmail.net
전화번호	031-955-2689(마케팅) 031-941-5158(편집부)
팩스	031-941-5163

ISBN	978-89-6735-899-0 03810

잘못된 책은 구입하신 서점에서 교환해드립니다.
기타 교환 문의 031-955-2661, 3580

www.geulhangari.com